陳書良 著

寫詩填詞

你的第一堂中文古典美學課

前言

陳書良

這一本小書的撰作目的，就是試圖簡單扼要地敘述詩詞格律，結合筆者自己的學習、創作經驗，讓有意於此的讀者能較快地運用這些傳統形式來言志抒情。

筆者幼年時即在外祖父劉永湘先生指導下學習寫詩，長成後又向瞿禪夏承燾先生學習填詞。他們都認為，傳統詩詞的學習、寫作應該是先學詩後學詞。我的學習、創作經歷也是先詩後詞。我們知道在文學史上，詞是在格律詩的基礎上產生的，所以詞又別名「詩餘」。詞中的律句特別多，詞韻也比詩韻寬，因此，學習上先詩後詞是有一定的道理的。

本書所謂的格律詩詞，在詩這一類，包括古體詩（古風）和近體詩兩個部分。

所謂古風也有兩類，一類是唐代以前的自由體或半自由體，還沒有形成格律，對此本書不擬贅述。一類是唐以後的古體，雖標榜不受拘限，實際還是有很多講究，尤其是歌行體，所以本書將會專章論及。

近體詩醞釀於齊梁，定型於唐代，唐代稱為今體詩，宋代以後稱為近體詩。自此，中國詩才有了嚴密的格律，而且歷宋元明清一直到現代，詩的格律還是沒有變。所以於詩我們著重談近體詩。

至於詞律，昔人強調「倚聲填詞」，筆者的創作也是從對譜填詞開始。因此本書從歷來所推重的「學詞入門第一書」——清舒夢蘭撰《白香詞譜》中著重介紹了五十個常用詞牌，每個詞牌又介紹了常用的一體，結合例詞，講述了如何按譜填詞及詞韻的一般規律。根據學者的統計，一般歷史上的著名詞人個人創作也不過用三四十個左右的詞牌而已。本書所列詞譜，應可滿足初學者創作之需。

詩詞格律都是一些規律性的東西，對於欣賞古代詩詞來說，如果能夠知道關於詩詞格律的一些基本知識，那就更能欣賞其中的寫作技巧、藝術的美。對於創作格律詩詞來說，如果能夠在知道這些基本知識的同時，多讀多寫，那就反過來更能熟悉、運用詩詞格律。古語說：「熟讀唐詩三百首，不會吟詩也會吟。」學詩學詞，多讀多寫是一個絕不可少的、既是初學必須，又要終生保持的功課。正由於此，我們對書中的例詩、例詞都作了簡注和鑑賞性的分析，寓欣賞於講解格律之中，以俾讀者學習時不至於因閱讀困難而「卡住」；並且希望讀者能舉一反三，對自己正在學習的詩詞體裁漸進地掌握其寫作要領。

本書所講的詩詞格律，是老生常談，亦即大部分是前人所言。由於這是一部基礎知識的書，所以書中所論概不標明出處，這也是《文心雕龍》所提倡的「同乎所同」。然參考文獻亦有標列前修鴻著，敬意永駐。

為方便讀者平時創作或車旅吟詠，本書附錄了《平水韻》、《詞林正韻》和《笠翁對韻》。希冀讀者手此一編，於用韻造語有所依傍，熟練運用，靈活掌握，以俾實用。若能如此，則筆者的編撰目的也就達到了。

目錄

附錄

壹、聲律

——漢字的旋律與節奏

格律詩詞之所以讓一些初學者視為畏途，就是因為它是很講究聲律的；格律詩詞之所以讀起來「韻」味十足，也是因為它的講究聲律。格律詩詞聲律主要有三點：一是平仄，二是押韻，三是對仗。聲律加上對字數、句數的規定和字句的排列等等就是傳統詩詞的格律。

近體詩中絕句和律詩是非常講究格律的，詞中很多句子實際也是律句，認識格律，我們可以從絕句和律詩開始。

平仄

平仄的作用是構成聲音的抑揚頓挫，從而產生一種音樂的節奏美。那麼，何為平仄呢？

漢語一個字就是一個音節，音節除了聲母韻母之外，還有一個貫穿整個音節的聲調，這就是四聲。要分辨平仄，先須區別四聲。魏晉時期，陸機就已提出文學語言要音聲變化和諧。所謂「暨音聲之迭代，若五色之相宣」（〈文賦〉）。到齊梁時，周顒和沈約發現漢語的聲調可以歸納為平、上、去、入四個類別。《南史・周顒傳》云：「（周顒）始著《四聲切韻》行於時。」同書的《沈約傳》亦云：「（沈約）撰《四聲譜》，以為在昔詞人累千載而不悟，而獨得胸襟，窮妙其旨，自謂入神之作。」並且他們還要求詩人們寫詩時自覺調整四聲，「兩句之中，輕重悉異」，時人稱其詩為「永明體」。應該說，四聲得以在這個時期被發現，原因是多方面的，如傳統音韻學的自然發展、詩賦創作中聲調音韻運用的經驗積累等，均對四聲的發明有促進的作用。而更為重要的原因，則是與當時佛經翻譯中考文審音的工作有著直接的關係。東晉時期，佛教已盛行中國，佛經的譯本亦多。由於原來佛經的梵文是多音節的，具有優美的音樂性，譯為單個的漢字後，為了恢復其原來的音節之美，在誦讀時即將每一個字讀成幾個高低不等的音節，由此乃明確地辨析出字的四聲。關於這一點，陳寅恪先生《四聲三問》有精深論述，於此不贅。

四聲，這裡指的是古代漢語的四種聲調，俗稱「老四聲」。要知道四聲，必須先了解聲調是怎樣構成的。古時候沒有聲調儀，不能測出四個聲調的實際讀法。人們往往舉出一些例字，依四聲順序排列，讓人習讀，以取得一些真實的語感。其實這是一個最原始、也是最實用的學習四聲法，筆者幼年時就是在長輩指導下靠反覆習讀以辨明四聲的。如：

東董送屋
江講絳覺
天子聖哲
平上去入

有人對四聲的讀法作了一些形象的描繪，如唐代《元和韻譜》中就說：「平聲者哀而安，上聲者厲而舉，去聲者清而遠，入聲者直而促。」然而其所說也只是一種感覺，看了之後仍然不知道四聲該如何讀。後來《康熙字典》卷首出現了一種淺近切實的「分四聲法」：

平聲平道莫低昂，
上聲高呼猛烈強，
去聲分明哀遠道，
入聲短促急收藏。

然而無論怎麼描繪，都只能勾畫出四聲的大致輪廓。在今天看來，平聲是平直不變的，上聲是一個先降後升的調子，去聲是一個全降調，入聲是一個短而急促的調子。除了平聲外，上去入三聲有一個共同的特點——不平。所以古人把四聲分成平仄兩個大類。仄，按字義解釋，就是不平的意思。

但是，語音是隨著時代的變化而改變的，在現代普通話形成的過程中，漢語的聲調發生了很大變化：

一、平聲。這個聲調到現在分化為陰平和陽平。如詩時、陰淫。

二、上聲。這個聲調到現在有一部分變為去聲。如映照之映。

三、去聲。這個聲調到現在仍是去聲。

四、入聲。這個聲調是一個短促的調子。如今江浙、福建、廣東、廣西、江西等處都還保存著入聲。北方也有不少地方（如山西、內蒙古）保存著入聲。湖南的入聲不是短促的了，但也保存著入聲這一個調類。北方的大部分和西南的大部分地區的口語裡，入聲已經消失了。北方的入聲字，有的變為陰平，有的變為陽平，有的變為上聲，有的變為去聲，這就是所謂「入派三聲」。就普通話來說，入聲字變為去聲的最多，其次是陽平；變為上聲的最少。西南方言（從湖北到雲南）的入聲字一律變成了陽平。普通話的四聲是將古漢語四聲中前面的平聲分化為陰平和陽平，而把最後一個入聲取消，分別歸入到陰平、陽平、上聲和去聲中去了，這樣一來，入聲字中哪些歸入到作為平聲的陰平、陽平，哪些又歸入到作為仄聲的上聲、去聲中去了呢？必須查字典才知道，於是產生所謂新四聲。

要之，現代漢語中聲調分為四聲：陰平、陽平、上聲、去聲。前兩聲（陰平、陽平）為平聲，後兩聲（上聲、去聲）為仄聲。古漢語也有四聲（老四聲），分別為平、上、去、入（等於平聲包括陰平、陽平，但上聲、去聲後面加了一個入聲）。前面一聲是平聲，後三聲（上聲、去聲、入聲）為仄聲。有些詩詞格律書為初學者容易入門，將新四聲和老四聲綜合，即視每個漢字為五聲，如：烏、吳、伍、誤、物，前兩聲陰平、陽平（烏、吳）為平聲，後三聲上聲、去聲、入聲（伍、誤、物）為仄聲。本書一依傳統，四聲係指平、上、去、入老四聲。這是特別需要強調的。

因為平聲大約是不升不降一個平調，比較拖長的音。仄聲大約是有升有降，比較短促的音，句與句平仄對立，句子內平仄相間，就產生了抑揚頓挫的效果。如白居易的〈錢塘湖[1]春行〉：

孤山[2]寺北賈亭西，水面初平雲腳低。
平平仄仄仄平平　仄仄平平平仄平

幾處早鶯爭暖樹，誰家新燕啄春泥。
仄仄仄平平仄仄　平平平仄仄平平

亂花漸欲迷人眼，淺草方能沒馬蹄。
仄平仄仄平平仄　仄仄平平仄仄平

最愛湖東行不足，綠楊陰裡白沙堤[3]。
仄仄平平平仄仄　仄平平仄仄平平

這是一首記遊詩，詩題「春行」，全詩處處洋溢著初春的氣息，透露著詩人對春天到來、萬物復甦的欣喜之情。首句用兩個地名點出了詩人的方位，有山有亭，景色可想而知，意境也油然而生。第二句寫湖水白雲，白描手法，寫早春時節的景象。頷聯與頸聯，一句一景，各不相同，描繪生動從容。「早鶯」、「新燕」突出了早春的時令，其實黃鶯未必是在搶占溫暖的樹枝，所謂「爭」，是作者的揣想，這樣寫來詩句頓時就活潑了起來。「亂花漸欲迷人眼」，妙在「漸欲」二字，欲迷而未迷，就多了幾分周折，多了幾分情調。「淺草方能沒馬蹄」，突然間發現原野竟生出了淺草，而且剛剛舒適地沒過馬蹄，令人感到新奇。兩句依然不離早春時令。詩的尾聯節奏更加舒緩，兩句一景。如果你把這兩句詩有節奏地緩緩讀出，想像著面前有不知情的聽眾，你就會感覺到它的奇妙：「最愛—湖東—行—不足」，以整整一句吊起聽眾的胃口：我最喜歡的、在西湖東邊的、來來回回總是看不夠的，是什麼呢？然後，「綠楊—陰裡」既作為修飾、渲染其美，又繼續吊著聽眾的胃口：綠楊陰裡有什麼呢？直到最後三個字，「白沙堤」，才終於道出了答案。至此，這首詩的趣味和妙處才凸現出來。

這首詩格律整齊，第三句第三字「早」、第四句第三字「新」同時調整，使得三四句仍保持平仄完全相對。第五句第一字「亂」在可平可仄的範圍內。第八句第一字「綠」與第三字「陰」調整，形成「仄平平仄仄平平」的句式，也是詩人們經常使用的。

---

1 錢塘湖：即杭州西湖。

2 孤山：在西湖的裡、外湖之間，因與其他山不相接連，所以稱孤山。孤山寺：南朝陳文帝初年建，名承福寺，宋改名廣化寺。賈亭，貞元年間，杭州刺史賈全所築，又稱賈公亭。

3 白沙堤：今稱白堤，在西湖東畔。

平仄問題應用格律詩寫作上，必須正確理解「一三五不論，二四六分明」。

這是格律詩的五字句和七字句聲律略可變動的規定。如果是七言，即所謂「一三五不論，二四六分明」。如果是五言，則是「一三不論，二四分明」。所謂「一三五不論」，就是指句子中的單數字的平仄安排可以靈活掌握；而「二四六分明」，就是強調句中的雙數字必須嚴格遵守格律，不能改變。如南宋林升〈題臨安邸〉：

山外青山樓外樓，西湖歌舞幾時休。
暖風熏得遊人醉，直把杭州作汴州。

臨安即今浙江杭州，南宋都城。汴州即今河南開封，北宋都城。作者藉描寫西湖美景，指斥南宋當權者「直把杭州作汴州」，苟安一隅，忘記了國恥。此詩格律為七絕仄起首句入韻式，應為「仄仄平平仄仄平，平平仄仄仄平平。平平仄仄平平仄，仄仄平平仄仄平。」我們看這首詩，首句第一字、第五字，第二句第三字，第三句第一字、第三字都有所變動。但是每句二四六字都完全合乎格律。可見「一三五不論，二四六分明」這個口訣可以給我們寫作近體詩創造很多便利。

但是講「一三五不論」與「一三不論」，並不是無條件的，而是有條件的。所謂有條件，指的是在具體操作時，必須避免出現「孤平」與「句末三連平」或「句末三連仄」的現象。「孤平」是在平收的句子中，除韻腳字之外，只剩下一個平聲字，如「仄仄平平仄仄平」變為「仄仄仄平仄仄平」，五言的「平平仄仄平」變為「仄平仄仄平」，這就是犯了「孤平」的錯誤。因此，在這類句子中，七言的第三字與五言的第一字，都必須按規定用平聲字，不能可平可仄了。如果內容需要非用仄聲不可，那麼，七言就要在第五字，五言就要在第三字上，想法補救，將仄改為平，這就叫做「拗救」。但是，在仄收的句子中，即使只剩一個平聲字，也不算孤平，而算拗句。因此，在仄收的句子中，不忌孤平，可以「一三五不論」。又如「平平仄仄仄平平」中的第五字，「仄仄仄平平」的第三字，都必須保持仄聲不變，不然，就犯了「句末三連平」的錯誤。再如「仄仄平平平仄仄」中的第五字，「平平平仄仄」的第三字，都必須保持平聲不變，不然，就犯了「句末三連仄」的錯誤。事實上，「句末三連平」或「句末三連仄」雖不算詩律大忌，卻都有損聲律之美。

如出於不得已，觸犯了「句末三連平」或「句末三連仄」，那麼就一定要拗救。拗救的辦法是：七言的第五字拗，第六字救；五言的第三字拗，第四字救。實際上就是在七言的五、六字與五言的三、四字實行平仄互換，就行了。關於拗救問題，以上所說都是單拗單救，還有雙拗雙救的現象，如：「荷風送香氣；松月生夜涼」。上下聯都是三字拗、四字救，形成雙拗雙救。當然，關於拗救是為了讓所寫的詩聲律更美，是屬於杜甫所云「聲律細」的問題了，初學者暫可不加深究。

要注意的是，閱讀古詩，欣賞古詩，應該知道哪些字是入聲字，這樣才能更準確地理解古詩的平仄，才能真正領會古詩的格律，體會平仄搭配的規律及其給人帶來的美感。比如上面白居易的〈錢塘湖春行〉，第四句「誰家新燕啄春泥」，「啄」字就是入聲字，如果按照現代漢語理解為平聲字的話，「啄春泥」就是古人常說的「三平調」了，是律詩的小疵。第八句「綠楊陰裡白沙堤」，「白」也是入聲字，如果按現代漢語讀為平聲的話，「白沙堤」也是「三平調」了。由此可見，如果我們不知道「啄」與「白」是入聲字，就無法真正體會古人對「三平調」這一禁忌的防守，誤以為古人作詩隨意，經常不遵守詩律。這也是筆者堅持以「老四聲」談論詩詞格律的初衷。

我們還特別應該注意的是一字兩讀的情況。有時候，一個字有兩種意義（往往詞性也不同），同時也有兩種讀音。例如「為」用作動詞的時候解作「做」，讀平聲（陽平）；用作介詞的時候解作「因為」、「為了」，就讀去聲。在古代漢語裡，這種情況比現代漢語多得多。現在試舉一些例子：

騎：平聲，動詞，騎馬；去聲，名詞，騎兵。

思：平聲，動詞，思念；去聲，名詞，思想，情懷。

有些字，本來是讀平聲的，後來變為去聲，但是意義詞性都不變。「望」、「嘆」、「看」都屬於這一類。「望」和「嘆」在唐宋詩中已經有讀去聲的了，如「早歲那知世事艱，中原北望氣如山」（陸游〈書憤〉）；「看」字直到近代律詩中，往往也還讀平聲（讀如刊），如「卻看妻子愁何在，漫卷詩書喜欲狂」（杜甫〈聞官軍收河南河北〉）。在現代漢語裡，除「看守」的看讀平聲以外，「看」字總是讀去聲了。也有比較複雜的情況，「過」字用作動詞時有平去兩讀，至於用作名詞，解作過失時，就只有去聲一讀了。

辨別四聲，是辨別平仄的基礎，也是詩詞格律的基礎，唯有反覆練習，方能在用時隨心所欲，隨指隨識。

押韻

格律詩區別於古體自由詩的最嚴格的因素是押韻、對仗、平仄。押韻，就是把音韻相同的字放在同一個位置上，一般是句尾，稱為韻腳。押韻的作用是構成聲音的迴環，產生一種和諧的音樂美。格律詩中律詩和絕句要求一韻到底，中間不能換韻，一首詩裡不能有重複的韻腳。除首句可以起韻外，奇句不許押韻，偶句則必須押韻。如七絕王昌齡〈從軍行〉[4]：

青海[5]長雲暗雪山，孤城遙望玉門關[6]。
黃沙百戰穿金甲[7]，不破樓蘭[8]終不還。

此詩寫邊塞將士們殺敵報國的決心，充滿陽剛之氣。「青海長雲暗雪山」，三個意象接踵而來，中間沒有連接和過渡，卻不覺零亂，極具畫面感，將邊地的廣闊荒漠呈現在讀者面前。而在這一片蒼茫之中，坐落著一個「孤城」，詩云「春風不度玉門關」，這座孤城只能

「遙望」玉門關，可見環境更加險惡。第三句一轉，寫城中的人。將士們在黃沙中作戰，連鎧甲都已經磨穿。前三句極言戰事的艱苦，做足了鋪墊，在這樣艱苦的環境中，戰士們誓言不趕走敵人，絕不回還。以如此豪言壯語結尾，一掃苦寒，鏗鏘有力，振奮人心。

這首詩格律整齊，第一句第一字「青」、第二句第三字「遙」，都在可平可仄的範圍內。第四句第五字「終」有所變動，也屬於「一三五不論」的範圍。此詩首句起韻，「山」、「關」、「還」押十五刪韻。又如五律李白〈塞下曲〉[9]：

五月天山雪，無花只有寒。
笛中聞折柳[10]，春色未曾看。
曉戰隨金鼓，宵眠抱玉鞍。

---

4 從軍行：樂府古題，多描寫軍旅生活，唐人多以此為題寫作。王昌齡有〈從軍行〉七首，這是其中第四首。

5 青海：即青海湖，在今青海西寧市西。雪山：當指祁連山脈，山峰上有積雪終年不化。

6 玉門關：故址在今甘肅敦煌西北小方盤城，為通往西域的交通門戶。

7 穿：磨破。金甲：金屬製成的鎧甲。

8 樓蘭：漢代西域國名，此處借指敵人。

9 塞下曲：唐代樂府題，出於漢〈出塞〉、〈入塞〉等曲。原詩六首，這是第一首。

10 折柳：指笛子的樂曲〈折楊柳〉，〈折楊柳〉出於漢〈橫吹曲〉。

願將腰下劍，直為斬樓蘭[11]。

這首詩一氣呵成，膾炙人口。起首兩句很平實，說塞外五月飛雪，不見花開，只有寒意，關鍵在「無花」二字。頷聯說戍邊的人只從笛聲聽到〈折楊柳〉的曲子，實際上春天卻還沒有來到邊疆。與前句「無花」相應。五、六兩句一轉，寫戰鬥生活中的緊張與辛苦。尾聯以誓言殺敵關合。此詩首句不起韻，偶句句腳「寒」、「看」、「鞍」、「蘭」押十四寒韻。

押韻要根據韻書，歷代韻書體系也有發展變化。隋代陸法言編《切韻》，唐人修訂為《唐韻》，共分二百六韻。《唐韻》修成，《切韻》遂亡佚。宋人將《唐韻》修訂為《大宋重修廣韻》，簡稱《廣韻》，仍為二百六韻。南宋淳佑年間，江北平水人劉淵編寫《壬子新刊禮部韻略》，將《廣韻》二百六韻合併為一百七韻，後人稱為「平水韻」。金、元人又歸併一韻，剩一百六韻。清人改稱《佩文詩韻》。舊時國家考試用這樣的韻書做標準，人們平時學詩作詩自然也依此標準。因此自唐至清，格律詩的聲韻系統基本是《切韻》—《唐韻》—《廣韻》—《平水韻》—《佩文詩韻》這個體系。近體詩的韻通常須押平聲，歌行體則常常平仄韻相間，每個字的平仄也須依照這個體系來判斷。

《平水韻》中平聲有三十個韻部：

上平聲：

一東、二冬、三江、四支、五微、六魚、七虞、八齊、九佳、十灰、十一真、十二文、十三元、十四寒、十五刪。

下平聲：

一先、二蕭、三肴、四豪、五歌、六麻、七陽、八庚、九青、十蒸、十一尤、十二侵、十三覃、十四鹽、十五咸。

古體詩有仄韻詩，歌行體也經常平韻仄韻換用，如白居易〈長恨歌〉、〈琵琶行〉，其中我們要特別注意入聲韻。如唐柳宗元〈漁翁〉：

漁翁夜傍西巖[12]宿，曉汲清湘燃楚竹。
煙銷日出不見人，欸乃[13]一聲山水綠。

---

11 樓蘭：泛指向內地騷擾的敵人首領。

12 西巖：永州（今湖南零陵縣）之西山，在湘水之濱。清湘：清澈的湘江，因湘江流經永州。燃楚竹：以楚竹為柴燒飯，因永州戰國時屬楚地。

13 欸乃：搖櫓之聲，或稱舟子搖船時應櫓的歌聲。唐時民間漁歌有〈欸乃曲〉。

回看天際下中流，巖上無心雲相逐。[14]

這是柳宗元寫於永州的一首抒情小詩，猶如一幅小品畫，幾個漁翁生活的鏡頭，就勾勒出一種對閒適意趣的嚮往。第一二句寫漁翁的生活。作者不說汲「水」燃「薪」，而以「汲清湘」、「燃楚竹」取代，出語不凡，造語新奇，增添了詩意的廣闊度和縱深感，使詩中人物平添了一種古樸孤高之氣。第三四句寫景。煙散日出了，應該見到漁翁了，可是「不見人」，人到哪裡去了呢？突然「欸乃」一聲，響徹青山綠水之間。這裡，仍然是「不見人」而只聞其聲。這種「聞其聲而不見人」的寫法，實屬高妙奇趣，展示了一幅山高水遠、幽深寂寥的神祕境界。最後兩句寫作者的觀感。回看天邊，「欸乃」之聲猶在，但小舟已順流遠逝，只有那巖上的白雲自由地飄動。全詩既寫出了永州山水深邃縹緲之美，也表現了作者對這種自由閒適生活的嚮往，而這種嚮往是作者政治上遭受打擊後的苦悶情緒的另一表現形式。至此，詩意拓展，即古人「以樂寫悲」之謂也。

這首詩的韻腳字「宿」、「竹」、「綠」、「逐」，我們現在讀起來也不和諧，但是，它們在古代都是入聲字，在《平水韻》裡都屬於屋韻，韻母和聲調都相同，因此在一起押韻。現代漢語普通話裡，入聲已經消失，古代入聲字的讀音發生了變化，原來同韻的入聲字可能不再屬於一個韻，讀起來就不和諧了。

至於前人詩有按方言押韻的，本書不擬多講。下面謹舉唐李益〈江南曲〉[15]：

嫁得瞿塘[16]賈，朝朝誤妾期。
早知潮有信，嫁與弄潮兒。

這是一首閨怨詩。梁代柳惲以樂府舊題〈江南曲〉寫閨情。唐人絕句多仿六朝民歌及民歌體作品，李益此詩就是如此，它模仿一位商婦的口吻，來寫她對獨守空閨淒涼生活的不耐。唐代商業興盛，短、長途貿易都很發達，商人要採運貨物，擇地傾銷，所以多遠離家鄉。這樣商人的妻子不免要空閨獨守，過著孤單寂寞的生活。詩人將此生活引入詩中，為唐詩增添了一份獨特的內容。

這首詩以白描手法寫出了一個商人婦的心聲。詩中一二句「嫁得瞿塘賈，朝朝誤妾期」，是女主人公感嘆自己嫁作商人婦，不能與丈夫朝夕相處。所以順理成章有下面兩句：「早知潮有信，嫁與弄潮兒。」當初要早知江潮消息有時，就該嫁給那弄潮的男兒。這樣，

14 無心：指白雲自由自在地飛動。
15 江南曲：樂府舊題，《古今樂錄》中〈江南弄〉七曲中就有其一。
16 瞿塘：長江三峽之一，在今重慶奉節縣。

生活可能清苦一些，卻時時可以依靠。寧願「嫁與弄潮兒」，既是痴語、天真語，也是苦語、無奈語。這位少婦也不是真想改嫁，這裡用「早知」二字，只是在極度苦悶中自傷身世，思前想後、悔不當初，作了一種歷史的假設罷了。在這裡，作者透過一種「荒唐之想」（鍾惺《唐詩歸》），把一個多情任性的少婦的心理刻畫得惟妙惟肖，十分生動。這首詩的成功之處正在於其看似荒唐、無理之想，卻是真切、情至之語。詩中展現的由盼生怨、由怨而悔的內心活動過程，正合乎這位商婦的心理狀態。

有人以為此詩不拘音韻，脫口而出，不假雕飾。實際上此詩中二、四兩句尾字「期」、「兒」就是按吳方言來押韻的，而這正體現了樂府民歌的特點。

對仗

對仗亦是格律詩區別於古風的主要形態特徵。就詩詞的語言形式特點而言，經常出現對偶句。尤其律詩，八句中竟要求四句對偶，有些詩人如杜甫的律詩還常常出現六句對仗甚至八句全對的情況。律詩中間兩聯每聯的第一句叫出句，第二句叫對句。我們講詩詞的對仗，主要就律詩而言。詩詞對仗，歸納起來是三個方面的要素：結構相同，詞性相對，平仄相反。詞的對仗則沒有律詩那麼嚴格。

1、結構相同

格律詩中句子由詞與詞組構成，詞與詞組又有一定的邏輯關係。漢語中主要的結構關係有以下五種：

主謂關係：燕舞、蟬鳴；風習習、雨綿綿；
述賓關係：把酒、吟詩；張兔網、泣鬼神；
偏正關係：月榭、風亭；千里馬、九霄鵬；常憶、難忘；滾滾流、款款飛；
聯合關係：吳楚、天地；流水、落花；
補充關係：唱徹、吟醉；高千尺、剪不斷；

近體詩的對仗聯要求出句和對句相應的位次結構關係相同，即主謂結構對主謂結構，述賓結構對述賓結構，偏正結構對偏正結構，聯合結構對聯合結構，述補結構對述補結構。如杜甫〈秋興〉其一的第三聯：

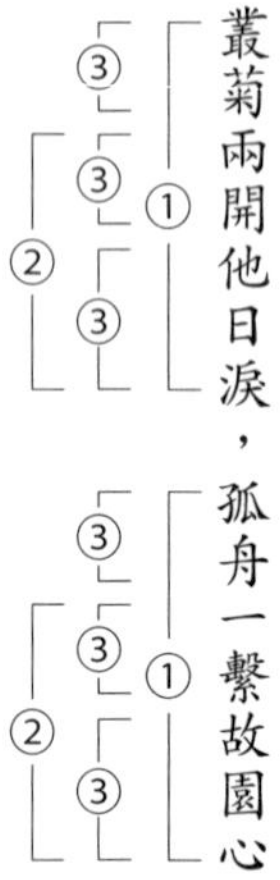

聯中的①是主謂結構，②是述賓結構，③是幾個偏正結構，這兩個對仗句都是單句。有些詩句表面上看是一個句子，實際上是由兩個分句緊縮而成，分句間存在一定的邏輯關係，

構成對仗時也要考慮字面上結構相同。如杜甫〈絕句〉之二：

江碧鳥逾白，山青花欲燃

表面上看，①是聯合關係，②是幾個主謂結構，每個詩句都由兩個主謂結構並列而成；實際上「江碧」和「鳥逾白」，「山青」和「花欲燃」都是因果關係，因鳥逾白才見江碧，因花欲燃才感山青。

在近體詩的對仗中，時常會碰到字面上對仗，結構卻不相同的情況。李商隱的〈安定城樓〉頸聯云：

永憶江湖歸白髮，欲回天地入扁舟

出句的節奏是二五型，「永憶」是動詞，「江湖歸白髮」是「永憶」的賓語。「江湖歸白髮」是倒裝句，通常應說「白髮歸江湖」，「白髮」是「歸」的時間，為了調平仄才倒裝。對句的節奏卻是四三型，「欲回天地」和「入扁舟」是兩個述賓詞組。但從字面上看，出句也是「永憶江湖」和「歸白髮」兩個述賓詞組，對句對得很工。因此結構相對主要看字面，內部的結構關係容許有不同。

2、詞性相對

所謂詞性相對，指上下聯相應的位次所用的詞必須同類。語法學家把漢語的詞分為名、動、形、數、量、代、副、介、連、助、嘆等十一類，前六類總稱實詞，後五類總稱虛詞。構成對仗時，必須是名詞對名詞、動詞對動詞、形容詞對形容詞……實詞對實詞、虛詞對虛詞。如「半窗秋月白，一枕曉風涼」這一聯中：

名詞對：秋月——曉風
數詞對：半窗——一枕
形容詞對：白——涼

由於各類詞都有比較固定的語法功能，詞與詞組合都有一定的規律，因此句法結構相同的情況下，詞性也應是相同的。

如主謂關係一般為名詞加動詞或形容詞：

虎嘯—猿啼　月白—風清

述賓關係一般為動詞加名詞：

點水—穿花　釣月—耕霞

偏正關係一般為形容詞、名詞或數詞加名詞，有一類是副詞或形容詞加動詞：

火棗—冰桃　吳牛—蜀犬　三畏—九思　三尺劍—五弦琴

清明雨—重陽風　獨眠—共話　會臨—好倚　醉愛—閒吟

無論多複雜的結構關係都可以此類推。由此看來，解決了結構相對的問題，詞性相對的問題大致也可以解決，具體例子可參閱書末所附《笠翁對韻》。讀者只要多讀多寫，自可掌握個中三昧。

至於對法種種，以下擇要言之。

近體詩的對仗有所謂工對和寬對。對仗工整的叫工對。在平仄安排合乎格律的前提下，凡是詞性相同，而且詞組結構相同的對仗叫工對。我們看唐朝詩人王維的五言律詩〈山居秋暝〉中的頷聯：「明月松間照，清泉石上流。」出句的「明月」，用形容詞「明」修飾名詞「月」，對句就用形容詞「清」修飾名詞「泉」；出句的「松間」是名詞加方位詞，對句的「石上」也是名詞加方位詞；出句末一字「照」，是動詞，對句末一字「流」也是動詞：整個出句和對句對得非常工整。再看這首詩的頸聯兩句：「竹喧歸浣女，蓮動下漁舟。」出句的第一個字「竹」是名詞，「喧」是喧嘩，這裡指竹林裡發出的浣女的喧聲，是動詞；對句「蓮」是名詞，「動」是動詞：都是名詞之後用動詞修飾。出句第三字「歸」是動詞，對句第三字「下」也是動詞；第四五字出句是「浣女」（浣紗或洗衣婦女），是動名詞結構，對句是「漁舟」（打魚船），也是動名詞結構：出句和對句對得都很工整。像這種對得工整的對仗，就算工對。

工對尤其對於名詞較為講究，要求名詞的每種小類最好能對上。這些小類如：

天文對：日月風雲等

時令對：年節朝夕等

地理對：山水江河等
宮室對：樓台門戶等
器物對：刀劍杯盤等
衣飾對：衣冠巾帶等
飲食對：茶酒餐飯等
文具對：筆墨紙硯等
文學對：詩詞書畫等
草木對：草木桃李等
鳥獸蟲龜對：麟鳳龜龍等
形體對：身心手足等
人事對：道德才情等
人倫對：父子兄弟等

清人李漁所編的啟蒙讀物《笠翁對韻》，專列工對之句。如「一東」中的「數竿君子竹，五樹大夫松」，「風高秋月白，雨霽晚霞紅」，「驛旅客逢梅子雨，池亭人挹藕花風」等等。字字在小類中對仗，世傳為工對名作。初學者如熟讀揣摩，以後駕輕就熟，舉一反三，自可獲益良多。

寬對是相對工對來說的。這裡的寬作寬嚴的寬講。工對要求嚴格，字字不能含糊，而寬對就要求得不那麼嚴格。格律畢竟是為內容服務的。詩人在寫作律詩的時候，有了好的構思，但是在考慮對仗的時候缺乏適當的詞語寫成工對，只得退一步用寬對解決。寬對還是屬於對仗，只是兩兩相對的詞語有時在詞性上對得不是那麼工整，有時在詞組結構形式上，出句和對句之間相對也不是那麼嚴謹。凡是這種情況，都叫做寬對。律詩的中間兩聯用寬對的情況很普遍；如果一聯的出句和對句根本不能相對，這就屬於不合格律的範圍，不能算是寬對。我們看杜甫的七言律詩〈蜀相〉中的頸聯：「三顧頻煩天下計，兩朝開濟老臣心。」出句末尾三個字「天下計」，對句末尾三個字「老臣心」，「天下」是不能和「老臣」相對的；但是「天下計」對「老臣心」，這兩個詞組都是上二下一，結構相同，所以仍然算對仗，不過只是不那麼工整的寬對罷了。需要說明的是，只要立意卓出，詩意盎然，寬對也能成為佳句，如上引杜甫的「三顧頻煩」兩句就是千古佳聯。

大概言之，寬對則只要求實詞對實詞，虛詞對虛詞，甚至只求字面相對，內部結構可以不同。

前面所談的對仗要求，都是指同一聯中出句和對句相應的位置而言。還有所謂自對，指的是先在本句內構成對仗，然後再兩聯相對。杜甫的〈旅夜抒懷〉頸聯云：「名豈文章著，官應老病休。」出句的「文」和「章」屬文學對，對句的「老」和「病」是人事對，各自在本句中自對，然後在兩句中以「文章」和「老病」相對，本來以文學對人事不是工對，只能算鄰對，但因為已在句中自對，所以就是工對了。

流水對在律詩中也是比較常見的一種形式。何為流水對呢？就是把需要說的一句話，分成兩句來說——在出句說一半，在對句再說一半來補足。不論是出句還是對句，都沒有獨立性，單獨一句就不能把意思完整表達出來。這和一般工對和寬對的出句或者對句都具有獨立性不同。當然，工對和寬對也有流水對這種形式，換句話說，流水對中既有工對，也有寬對。下面舉一個例子。

王維的五言律詩〈送梓州李使君〉的頷聯兩句：「山中一夜雨，樹杪百重泉。」由於「山中一夜雨」，才出現「樹杪百重泉」的。出句是因，而對句是果，兩句中缺少任何一句，意思都不完整。在語法結構上，上下聯構成了連貫、遞進、因果、條件等複合關係。

對仗中另有一種借對形式。所謂借對，就是在對句中找不到適當的字來和出句同一位置的字相對的情況下，便借用諧音字來代替某一個字。例如孟浩然在〈裴司士見訪〉這首五言律詩中的頸聯兩句：「廚人具雞黍，稚子摘楊梅。」出句的第四字「雞」是動物，而第五字「黍」是植物：雞和黍是兩種東西；對句的楊梅是一種植物。如以工對要求，楊梅對雞黍是不夠工整的。但是這裡作為借對，對句的第四字「楊」作「羊」的諧音，就可以和出句的

「雞」相對，而且和「梅」連起來也成為兩種東西了，由不是工對而成為工對，而且還是具有特殊審美趣味的工對。

貳、格律

——限定中的無限之美

近體詩有四種主要形式：五言律詩、五言絕句、七言律詩和七言絕句，以下結合古風中之歌行體，來淺談一下格律詩的要求和寫作方法。詩譜說明中可平可仄之處以字外「〇」標出。

需要說明的是，七言律詩和五言律詩都是每首八句，超過八句的律詩稱為長律。長律兩句一押韻，有的長律長到一百幾十韻，除前兩句和末兩句外，中間各句都要對仗，否則就不能稱為長律了。長律屬於格律詩，但比較少見，實用也不多，這裡就不作介紹了。

五言律詩

律詩有四聯，它各有一個特定的名稱，第一聯（一、二句）叫首聯，第二聯（三、四句）叫頷聯，第三聯（五、六句）叫頸聯，第四聯（七、八句）叫尾聯，每聯的前一句為出句，後一句為對句。律詩的頷聯和頸聯，四句話必須寫成兩副工整的對聯，即第四句和第三句相對，第六句和第五句相對。

五言律詩全詩八句四十個字，一般用平韻，中間兩聯必須對仗。五言的平仄，只有四個類型，而這四個類型可以構成兩聯。即：

仄仄平平仄，平平仄仄平；

平平平仄仄，仄仄仄平平。

由這兩聯的錯綜變化，可以構成五律的仄起、平起兩類四種平仄格式。其實只有兩種基本格式，一曰仄起，一曰平起。其餘兩種不過是在基本格式的基礎上稍有變化罷了。

1、仄起不入韻式

(仄)仄平平仄，平平仄仄平。
(平)平平仄仄，(仄)仄仄平平。
(仄)仄平平仄，平平仄仄平。
(平)平平仄仄，(仄)仄仄平平。

例詩——

渡荊門送別 〔唐〕李白

渡遠荊門[17]外，來從楚國遊。

---

17 荊門：即荊門山，在今湖北省荊門縣南。

山隨平野盡，江[18]入大荒流。
月下飛天鏡，雲生結海樓[19]。
仍[20]憐故鄉水，萬里送行舟。

這是李白從四川至湖北，在荊門送別同舟的人繼續東去時寫的作品，抒發了自己剛剛離開蜀地，「仗劍去國，辭親遠遊」（〈上安州裴長史書〉）時的積極向上的情緒。首聯交代遠道而來渡過荊門，登臨楚地遊覽。頷聯描寫一個剛離開蜀地的青年眼中的奇妙美景：高山隨著平原的出現逐漸消失，江水在一望無際的原野中奔流。詩人的幾筆，使得自然景觀特徵鮮明，同時寫出氣象闊大、氣勢飛騰的神韻。頸聯描寫月亮在水中的倒影好像天上飛下來的一面天鏡，雲彩升起，變幻無窮，結成了海市蜃樓。詩中有畫景，有夜景，可見船在荊門停了一宿以上。尾聯是詩人在欣賞荊門一帶的風光時，面對那流自故鄉的滔滔江水，所產生的思鄉之情。詩人沒有直接說自己思念故鄉，而說故鄉之水戀戀不捨地一路送自己遠行，從對面寫來，富有強烈的感情色彩，愈發顯出自己對故鄉的思念。全詩意境開闊，如大江奔流，格調輕快。想像瑰麗，充滿了積極的生活氣息。尤其是「山隨平野盡，江入大荒流」成為膾炙人口的名句。

這一平仄格式，最容易看出的是，後四句是對前四句的重複。所以，要記住這個格式，只需記住前四句就可以了。此外，第七句應是「(平)平平仄仄」，而上引李白〈渡荊門送別〉的第七句「仍憐故鄉水」是「(平)平仄平仄」，是五言律句常用變格。這是需要說明的。

律句的平仄變換，最重要的有兩點，即「黏」和「對」。「對」指的是每一聯上下兩句平仄相對，這是非常清楚的。而「黏」就不那麼容易看出來，我們對比下一聯的前一句與上一聯的後一句，可以看到，它們的第二、四字，平仄相同，這就是律詩的「黏」。透過「黏」，不僅把律詩的四個聯都聯接起來了，而且保證了每一聯的變化，使其平仄不與上一聯相同。「黏」和「對」這兩個規則，當我們清楚了其原理和奧妙，就會發現，其實這兩個規則，就是為了保證由四種句式組成的兩個聯的交錯出現，保證律詩的整齊性和變化性。所以，要記憶五言律詩的格律，最簡單的方法就是記住兩個聯，有節奏感的二十個字：「仄仄平平仄，平平仄仄平」、「平平平仄仄，(仄)仄仄平平」，兩個聯交錯出現，必然就能實現「黏」和「對」。

由上式派生出仄起首句入韻式，即首句改仄仄仄平平，其餘不變。如：

---

18 江：長江。

19 下：移下。海樓：海市蜃樓。

20 仍：頻頻。

(仄)仄仄平平，平平仄仄平。
(平)平平仄仄，(仄)仄仄平平。
(仄)仄平平仄，平平仄仄平。
(平)平平仄仄，(仄)仄仄平平。

例詩——

送杜少府之任蜀州　〔唐〕王勃

城闕輔三秦[21]，風煙望五津[22]。
與君離別意，同是宦遊人。
海內存知己，天涯若比鄰。
無為在歧路，兒女共沾巾。

這是王勃供職長安時送杜少府赴任蜀州（今四川崇州市）所作的一首著名的贈別詩。首聯以寫景起興，對仗相當工整。「城闕輔三秦」是一個倒裝的句式，其實是「三秦輔城闕」，指長安的城垣宮闕都被三秦之地護衛著。這一句一掃以往送別詩常有的蕭索黯淡之象，起筆雄偉。下句「風煙望五津」，五津指四川境內長江的五個渡口，泛指蜀川。這裡詩人用一個「望」字跨越時空，將相隔千里的兩地連在一起。「風煙」在此起了渲染離別氣氛的作用，從而引出下句。三、四句直抒胸臆。詩人筆鋒一轉，並沒有敘寫離情別緒，而是說你我都是遠離故土的宦遊之人，彼此間應該都能體會這種心情吧。詩人在此有意略去了對眾多思緒的敘寫，故意留白，增加了無限想像的空間。離別總是傷感的，但詩人並未停留於此，頸聯筆鋒盪開：「海內存知己，天涯若比鄰。」這句似受曹植「丈夫志四海，萬里猶比鄰」的啟發，但曹植句強調志在四海，而王勃句強調友人間重在知心，天涯相隔也會是像相鄰一樣，這句使友情昇華到一種更高的美學境界，早已成為千古句。尾聯以勸慰杜少府作結。送別常常在分岔路口分手，「歧路」又一次照應送別之意。

這首詩充分流露了詩人曠達的胸襟與友情的誠摯，一洗古代送別詩中的悲涼淒愴之氣，音調爽朗，清新高遠，獨樹碑石。

21　城闕：指唐代都城長安。輔：護衛。三秦：泛指當時長安附近的關中之地。古為秦國，秦亡後，項羽分其地為雍、塞、翟三國，故稱三秦。

22　五津：四川境內長江的五個渡口。

2、平起不入韻式

(平)平平仄仄，(仄)仄仄平平。
(仄)仄平平仄，平平仄仄平。
(平)平平仄仄，(仄)仄仄平平。
(仄)仄平平仄，平平仄仄平。

例詩——

山居秋暝[23]　〔唐〕王維

空山新雨後，天氣晚來秋。
明月松間照，清泉石上流。
竹喧歸浣女，蓮動下漁舟[24]。
隨意春芳歇，王孫自可留[25]。

這首詩是王維居輞川時所作。描繪秋天傍晚的山居之景，是王維眾多吟詠山居生活的詩中最為有名的一首。

首聯一個「空」字，點出山中如世外桃源般的幽靜。這是一個秋天的傍晚，剛剛下過一場雨。「新雨後」、「晚來秋」淡淡幾字，一陣清新、涼爽之氣撲面而來，詩人悠閒自在的心境自在其中。頷聯也是此詩流傳最廣的一聯。「明月松間照，清泉石上流。」月瀉松林，是寫「靜」；清泉流淌，是寫「動」，動靜結合，簡簡單單的十個字塑造了一個明淨超脫的意境。接下來兩句寫山中人們的生活。「竹喧歸浣女，蓮動下漁舟。」這兩句從視覺、聽覺兩方面進行描寫，使詩中的形象更加逼真，更富有生氣。這一聯先寫果後寫因，利用人們的期待效應，製造了一個恍然大悟的效果。「歸」和「下」字原本應分別放在「浣女」和「漁舟」之後，但是詩人有意將它們倒裝，不僅使這一聯音韻和諧，而且突出了幾分動感。尾聯化用了《楚辭．招隱士》的典故，並反用其意，含蓄地將自己留戀山林的心情表達出來。

23 暝：日落，天黑。

24 竹喧句：浣衣女子結伴歸來，竹林裡傳來一陣喧笑。蓮動句：指溪中蓮花搖動，知是漁船順流而下。

25 隨意二句：《楚辭．招隱士》：「王孫兮歸來，山中兮不可以久留。」乃招致隱士之辭。這裡反用其意，是說春天的芳華雖已消歇，秋景也佳，王孫自可留在山中。

這首詩與王維後期的山水詩相比，少了幾分孤寂，多了幾分清新，幾分生活氣息。全詩不事雕琢，天然入妙，高步瀛評「隨意揮寫，得大自在」（《唐宋詩舉要》）是最恰當不過的。

需要著重指出的是，五言律詩以首句不入韻為常例，較為常見。

另一式即平起首句入韻式，首句改為平平仄仄平，其餘不變。

平平仄仄平，(仄)仄仄平平。
(仄)仄平平仄，平平仄仄平。
(平)平平仄仄，(仄)仄仄平平。
(仄)仄平平仄，平平仄仄平。

例詩——

晚晴 〔唐〕李商隱

深居俯夾城[26]，春去夏猶清。
天意憐幽草，人間重晚晴。

並添高閣迥[27]，微注[28]小窗明。
越鳥[29]巢乾後，歸飛體更輕。

此詩寫傍晚雨後的景色和感受。備受排擠的李商隱離開長安到桂林做幕府，心情得以舒緩，此詩正與當時心境相關。首聯點出時間地點，又有寄託，雖深居，但樓高，可俯視夾城；春天雖逝去，而初夏尤顯清爽。這種失意之中的適意，正是全詩的主旨。頷聯最為人們傳誦，表現了一種積極超脫的心態，只有經歷過風雨，才能真正體驗到這種感受。頸聯描寫晚晴的景色，細膩柔美，閣樓本已很高，而雨後的晴朗又使人感覺彷彿增高了一倍；夕陽的斜暉透進小窗，明麗而溫馨。尾聯借飛鳥言志，鳥巢被曬乾，則有所棲身，心情輕鬆，自然體態輕盈。整首詩溫婉有致而不失風骨，含蓄深沉而避免晦澀，正是李商隱優秀詩作特有的風格，反映出他學習杜甫、化用杜甫的功力。

---

26 夾城：城門外的曲城。
27 並：雙倍。迥：高遠。
28 微注：夕陽的斜暉微弱地照進來。
29 越鳥：南方的鳥。古詩：「胡馬依北風，越鳥巢南枝。」此詩中沒有特別的涵義，因李商隱在桂林，故稱其鳥為「越鳥」。

這首詩第五句第一字「並」、第六句第一字「微」有所調整，使得第五、六句形成「仄平平仄仄，平仄仄平平」的整齊相對的形式，這種形式是詩人們對「平平平仄仄，仄仄仄平平」一聯經常性的調整，可為你我創作時借鑑。

七言律詩

七言律詩全詩八句五十六字，一般用平韻，中間兩聯要求對仗，其平仄一般也是兩類四種格式。

七言律句的基本格式，就是在五言律句的前面加上兩個音節，平仄與五言律句的前兩個音節相反，比如五言律句「仄仄平平仄」，前面加上兩個音節「平平」，就形成了七言律句「平平仄仄平平仄」。這樣，就在每句七字的情況下，形成了新的平仄交錯的和諧韻律。只要熟悉了五言律詩的基本格式，七言律詩自然可以輕鬆變化而出。

1、仄起首句入韻式

㊀仄平平仄仄平，㊁平㊀仄仄平平。
㊁平㊀仄平平仄，㊀仄平平仄仄平。

仄⃝仄平⃝平平仄仄，平⃝平仄⃝仄仄平平。
平⃝平仄⃝仄平平平仄，仄⃝仄平平仄仄平。

例詩——

蜀相[30]　〔唐〕杜甫

丞相祠堂何處尋，錦官城外柏森森[31]。
映階碧草自春色，隔葉黃鸝空好音。
三顧頻煩天下計，兩朝開濟老臣心[32]。
出師未捷身先死，長使英雄淚滿襟[33]。

唐肅宗上元元年（七六〇）春，杜甫初到成都，前去南郊武侯祠瞻仰諸葛亮時所作。首聯平平而起，詩人以自問自答的方式起興，點出武侯祠所在地在錦官城外南郊之地，再以「柏森森」以狀祠堂之柏蓊蓊鬱鬱。之所以選寫「柏」，相傳柏樹為諸葛亮手植。這是寫遠望之景。頷聯寫近景，顯然詩人已來到祠堂。而詩人既不寫祠內文臣武將之塑像，也不寫楹聯之精美，僅突出「映階碧草」和「隔葉黃鸝」兩意象，諸葛亮已成古人，如今只剩階下春草自綠，樹叢中黃鸝徒然發出悅耳鳴聲。「自」與「空」寫出了明麗春光中的一片寂寞荒涼之感，深化了詩人對諸葛亮的仰慕和感物懷人之情。頸聯承接上聯的慨嘆，轉入對諸葛亮功績的追述。「三顧頻煩」顯劉備的禮賢下士；「天下計」見諸葛亮的雄才偉略。即他在〈隆中對〉中設計的據荊州、益州，內修政理，外結孫吳，待機伐魏，統一天下的大計。而「兩朝開濟」寫出了諸葛亮嘔心瀝血、鞠躬盡瘁的精神。前已敘及，此聯屬寬對，是傳誦千古的名聯。尾聯：「出師未捷身先死，長使英雄淚滿襟。」詩人在唏噓追懷：像這樣一位忠心報國的人竟大業未成就死掉了，以致使後代仁人志士感到惋惜、傷心流淚。杜甫早有「致君堯舜上」的匡世之心，但報國無門，故在諸葛亮祠堂前倍感痛惜。宋朝抗金英雄宗澤，臨死時也背誦此二句，可見千載英雄志士，可感同身受！

由此派生出**仄起首句不入韻式**，亦即第一句改為仄仄平平平仄仄，其餘不變。

---

30 蜀相：指三國時蜀國丞相諸葛亮。

31 錦官城：今四川成都市，蜀漢故都，城外有錦江，故名。又說成都城的西南部，為古時主管織錦官的居所，故稱錦官城。

32 三顧：指劉備三次拜訪諸葛亮於草廬之中。頻煩：屢次勞煩。兩朝：指劉備（先主）、劉禪（後主）兩朝。開濟：開創大業，匡危濟時。

33 出師：蜀漢劉禪建興十二年（二三四），諸葛亮率師伐魏，由斜谷出據武功五丈原（今陝西郿縣西南），不幸病死軍中。英雄：指後代的仁人志士。

(仄)仄(平)平平仄仄，(平)平(仄)仄仄平平。
(平)平(仄)仄平平仄，(仄)仄平平仄仄平。
(仄)仄(平)平平仄仄，(平)平(仄)仄仄平平。
(平)平(仄)仄平平仄，(仄)仄平平仄仄平。

例詩——

聞官軍收河南河北[34]　〔唐〕杜甫

劍外[35]忽傳收薊北，初聞涕淚滿衣裳。
卻看妻子愁何在，漫卷詩書喜欲狂。
白日放歌須縱酒，青春作伴好還鄉。
即從巴峽穿巫峽[36]，便下襄陽向洛陽[37]。

安史之亂平息，杜甫聽到這一好消息，喜不自禁，寫下了這首平生第一快詩。全詩可謂一氣呵成。首聯寫初聞捷報，喜極而泣。頷聯寫兩個細節，生動地刻畫了這種喜悅之情。「卻看（讀平聲）」，猶言再看，還看。不作回頭顧視講，「卻」字與下句「漫」字對。「愁何在」，言愁已無影無蹤。「漫卷詩書」，胡亂捲起書本，作歸鄉之計，已接近手舞足蹈之態了。頸聯寫慶祝，要快活地唱歌喝酒，要回到故鄉。以「白日」、「青春」領起，色調明朗。一「放」一「縱」，仍是狂喜之態。「須」與「好」對舉，都表示肯定和強調，不容置疑。說完還鄉，尾聯便開始籌畫。尾聯使用流水對，將相距遙遠的四個地名串在一起，突出了一個快字，依然是狂喜之情。「巴峽」、「巫峽」重複「峽」字，「襄陽」、「洛陽」重複「陽」字，「峽」、「陽」兩兩相對，對仗工整，辭氣順暢，又合乎平仄，這種手筆常人實在難以為之。熟讀此詩，可細味杜甫詩律之精，用字之妙。

這首詩平仄整齊，調整全在出句上，第一句第三字「忽」、第三句第一字「卻」和第三字「妻」、第五句第三字「放」、第七句第三字「巫」，都在可平可仄的範圍內。對句則完全符合基本格式。

34 河南河北：泛指黃河以南以北的地區。
35 劍外：劍門關以外，今四川劍南一帶。
36 巴峽：在今重慶市東的嘉陵江上游，由石洞峽、銅鑼峽、明月峽組成。巫峽，長江三峽之一，在今四川巫山縣東。
37 襄陽：今湖北襄樊。

2、平起首句入韻式

(平)平(仄)仄仄平平，(仄)仄平平仄仄平。
(仄)仄(平)平平仄仄，(平)平(仄)仄仄平平。
(平)平(仄)仄平平仄，(仄)仄平平仄仄平。
(仄)仄(平)平平仄仄，(平)平(仄)仄仄平平。

例詩——

江村 〔唐〕杜甫

清江一曲抱村流，長夏江村事事幽。
自去自來堂上燕，相親相近水中鷗。
老妻畫紙為棋局，稚子敲針作釣鉤。
多病所須唯藥物，微軀此外更何求。

這是杜甫的一首抒寫閒適生活的小詩，詩句節奏輕快，充滿趣味。我們可以從中體會杜甫的章法與詩藝。章法是脈絡清楚，推進合理。第二句「事事幽」三字，是全詩關緊的話，提挈一篇旨意。中間四句緊緊貼住「事事幽」，一路敘下，從物態人情方面，寫足了江村幽事。末聯以幸詞寫苦情，用「微軀此外更何求」一句，關合「事事幽」，簡潔穩當，結束全詩。詩藝就是詩歌的技藝，不僅要熟瞭「仄仄仄平平仄仄，平平平仄仄平平」的新的兩句相對的整齊形式。可見悉詩律，還要能駕馭詩律。古人認為，律詩中用複字最難，一則有篇幅限制，需要語言簡練，涵義豐富，二則有格律的規定。杜甫偏愛用複字與疊字，我們在其他詩中也領略過，比如〈登高〉：「無邊落木蕭蕭下，不盡長江滾滾來。」〈客至〉：「舍南舍北皆春水，但見群鷗日日來。」這首詩也是，首聯兩句，「江」字、「村」字皆兩見。頷聯更是有趣，「自去自來」與「相親相近」相對仗，生動形象，別具一格。而且，疊字出現在一、三字上，正是可平可仄的範圍內。經過調整，頷聯形成，杜甫複字不犯複，在複字、疊字中體驗到了駕馭詩律的創作快感。

此外，這首詩第二句第一字「長」、第五句第一字「老」、第七句第一字「多」與第三字「所」有所調整，都在可平可仄的範圍內。

由此派生出平起首句不入韻式，亦即第一句改為(平)平(仄)仄平平仄，其餘不變。

(平)平(仄)仄平平仄，(仄)仄平平仄仄平。
(仄)仄(平)平平仄仄，(平)平(仄)仄仄平平。
(平)平(仄)仄平平仄，(仄)仄平平仄仄平。
(仄)仄(平)平平仄仄，(平)平(仄)仄仄平平。

例詩——

登快閣

〔宋〕黃庭堅

痴兒了卻公家事，快閣[38]東西倚晚晴。
落木千山天遠大，澄江一道月分明。
朱弦已為佳人絕[39]，青眼[40]聊因美酒橫。
萬里歸船弄長笛，此心吾與白鷗盟[41]。

此詩黃庭堅作於做泰和縣令任上。黃庭堅講究詩法，精於煉字，主張學習前人作品，又力求新奇，「點鐵成金」，不落平庸，這首即可看出他的風格特點。詩的首聯點題，寫傍晚登閣，敘事中兼有寫景。第一句便用典，魏晉人喜清談，厭惡公務俗事，稱忙於公務之人為

「痴」，見《晉書・傅咸傳》。而黃庭堅以「痴兒」自指，便有了幾分幽默自嘲的色彩。以痴兒辦完公事這樣一句平淡的話敘述緣起，在詩作中也是很少見的，可見其標新立異之處。李商隱有「天意憐幽草，人間重晚晴。」而黃庭堅此處正用晚晴之美好，以一個「倚」字表達出那種舒適宜人的感覺。頷聯寫倚閣所見，承「晚晴」二字發揮，景中寓情。會讓我們想起杜甫的「無邊落木蕭蕭下」和謝朓的「澄江靜如練」，杜詩以「無邊」修飾落木，而黃詩的「千山」，也是無邊之境，但色調變得清爽明亮，繼之以「天遠大」，則一掃蕭瑟之氣。

謝詩將澄江比作白練，凸顯清靜，黃詩取其意象，白練「一道」，繼之以「月分明」，更感玲瓏剔透。這兩句詩，可以看出黃庭堅化用前人詩句，創造全新意境的精妙之處。頸聯轉入抒情，發洩無知音之嘆。用了兩個典故，表達了自己孤芳自賞、醉心詩酒的心境。伯牙

---

38 快閣：在今江西泰和縣，贛江邊上，原名慈氏閣，建於唐僖宗乾符元年。

39 朱弦：《呂氏春秋・本味》：「鍾子期死，伯牙破琴絕弦，終身不復鼓琴，以為世無足復為鼓琴者。」佳人，本義為美人，此處代指知己、知音。

40 青眼：《晉書・阮籍傳》：「籍又能為青白眼，見禮俗之士，以白眼對之。及嵇喜來弔，籍作白眼，喜不懌而退。喜弟康聞之，乃賫酒挾琴造焉，籍大悅，乃見青眼。」

41 此心吾與白鷗盟：《列子・黃帝》：「海上之人有好漚（鷗）鳥者，每旦之海上，從漚鳥遊，漚鳥之至者，百住而不止。其父曰：『吾聞漚鳥皆從汝遊，汝取來，吾玩之。』明日之海上，漚鳥舞而不下也。」後人以與鷗鳥盟誓表示毫無機心。

的琴弦是為失去知音子期而絕，如今我缺少知音，無人賞識；阮籍的青眼本為好友嵇康而橫，如今我沒有好友，姑且以酒解愁。尾聯抒棄官歸隱之情，又用了白鷗的典故，寫出了詩人對自由生活的嚮往。這首詩有四處用了典故，典故用得好，能起到生動有趣、言簡意豐的效果。但是，不能只為了顯示學問，用太偏僻生澀的典故。用典的最高境界是渾然一體，不著痕跡，這首詩的末句正是如此。「白鷗」這一意象，本來就給人以瀟灑飄逸、心無雜念的感覺，即使不知道典故，也能體會到詩人的主旨與情感。

這首詩格律嚴整，前五句和基本格式一字不差，第六句第一字「青」、第八句第一字「此」與第三字「吾」有所調整，都在可平可仄的範圍內。我們知道，五言律詩「平平平仄仄」句式有一個常用的變格為「平平仄平仄」，而七言律詩也可以有相對應的變格，即本詩第七句，第五字「弄」為仄聲，第六字「長」為平聲，形成了「仄仄平平仄平仄」的形式，這一變格也很常用，我們可以熟悉並加以應用。

值得一提的是，詩人錦心繡口，有時寫律詩時，不滿足於中間四句對仗，而常常出現六句甚至八句對仗，因而呈現出特殊的精整的藝術魅力。如：

例詩——

在獄詠蟬

〔唐〕駱賓王

西陸蟬聲唱，南冠客思深[42]。
不堪玄鬢[43]影，來對白頭吟。
露重飛難進，風多響易沉[44]。
無人信高潔，誰為表余心[45]。

這首詩是詩人在高宗儀鳳三年（六七八）以上書諷諫觸怒武后，被誣以貪贓罪下獄時作。詩中托物寄情，是比是興，抒寫了詩人在特定環境中品格的高尚和蒙冤受屈的憤慨。首聯即用起興的手法，以蟬聲引出客思，詩人在獄中深深地懷想自己的家園。句法上又運用對偶，並且對得很工。「南冠」用典，詩人以鍾儀自喻。《左傳》成公九年，「晉侯觀

42 西陸：指秋天。南冠：指被囚繫的人。
43 玄鬢：黑髮。蟬首色黑，故云玄鬢。
44 響易沉：鳴叫之聲容易消失。
45 信高潔：相信是清高廉潔的。古人認為蟬只「飲露而不食」，把牠當作清高的象徵。余心：我的心跡。

於軍府，見鍾儀。問之曰：『南冠而縶者誰也？』有司答曰：『鄭人所獻楚囚也。』」頷聯既說蟬又說自己，表達英雄無用武之地的悽惻感情。詩人不敢再看兩鬢烏玄的秋蟬，牠能盡情高唱；而詩人卻經歷著政治上的種種折磨，一事無成，還被囚禁。「白頭吟」，又是樂府曲名。傳說西漢時卓文君在司馬相如對她的愛情不忠後寫〈白頭吟〉以自傷。詩人巧妙地借用這一典故，表達執政者辜負了他對國家的一片忠愛之心。頸聯是詩的中心，既詠蟬，也自喻。露水重，蟬翼濕，難以向前飛進。比喻自己處境艱難，政治上的不得志，冤不能伸。風聲大，蟬聲便顯得低沉。比喻自己在眾口一詞的情況下，有口也難辯，言論上受壓制。尾聯繼續以蟬自喻，高居樹上的秋蟬，餐風飲露，有誰相信牠不食人間煙火？只有蟬和詩人才能互相理解，蟬為詩人高歌，詩人為蟬而寫作。

這首詩八句有六句對仗，用典貼切，語言含蓄，自然真切，很好地實現了物我一體的境界。

例詩——

登高[46]

〔唐〕杜甫

風急天高猿嘯哀[47]，渚[48]清沙白鳥飛回。

無邊落木蕭蕭下[49]，不盡長江滾滾來。
萬里悲秋常作客，百年多病獨登台[50]。
艱難苦恨繁霜鬢[51]，潦倒新停濁酒杯[52]。

明胡應麟《詩藪》：「此章五十六字如海底珊瑚，瘦勁難移，沉深莫測，而精光萬丈，力量萬鈞，通章章法句法字法前無昔人，後無來學。此當為古今七言律第一，不必為唐人七言律第一也。」

---

46 這首詩作於唐代宗大曆二年（七六七）秋重陽節，杜甫在夔州。

47 梁簡文帝〈雁門太守行〉二首之一：「風急旌旗斷。」陶潛〈和郭主簿〉二首其二：「天高風景澈。」庾信〈奉和浚池初成清晨臨泛〉：「猿嘯風還急。」酈道元《水經注》卷三十六載三峽漁者歌曰：「巴東三峽巫峽長，猿鳴三聲淚沾裳。」

48 渚：水中的小洲。

49 落木：落葉。蕭蕭：形容風吹樹葉的聲音。

50 宋羅大經《鶴林玉露》：「萬里，地之遠也；悲秋，時之慘淒也；作客，羈旅也；常作客，久旅也；百年，暮齒也；多病，衰疾也；台，高迥處也；獨登台，無親朋也；十四字間含有八意，而對偶又極精確。」多病：杜甫當時年老多病。

51 繁霜鬢：白髮如霜日益增多。

52 潦倒：衰頹、失意。杜甫這時因肺病戒酒，故云「新停濁酒杯」。

本詩的確是一首藝術水準很高的七律。詩寫悲秋，寫得不落俗套，奇峰突起。首句驚心動魄，使全詩籠罩在悲涼的氛圍之中。次句卻平緩而出，讓人感到一種寧靜的淒涼、空曠的惆悵、孤獨的憂傷。頷聯寫萬象紛繁和百感交集。無邊落木蕭蕭下，固然使人類深感在自然面前的渺小和無奈，但不盡長江滾滾來，又往往激起人生命的激情，向人類示範著一種永不停歇的進取精神。正因如此，這首充滿悲涼感的詩篇才使人品味出一種悲壯感，看到一種壯心不已的意境。如此一來，以下四句也就都有了同樣的審美精神；萬里悲秋常作客，是悲涼的進取；百年多病獨登台，是不幸者對命運的不屈不撓的抗爭；艱難困苦，窮愁潦倒，玉汝於成。詩人生命旅途上的坎坷不幸、淒涼悲傷是重重疊疊，無以復加的，然而他不屈不撓的進取也是可歌可泣的。沉鬱頓挫的生命固然是沉重感傷的，但也是豐富、深沉、有力度的。

此詩有許多值得揣摩借鑑的經驗。要之，一是情與景融合得好，用淒清之景襯托悲傷的心境。二是結構之起承轉合極其嚴謹自然。三是精采的對仗。此詩四聯全對，同時又自然妥貼，耐人咀嚼。如律詩首聯本不求對仗，但此詩首聯不僅上下句對仗，而且句中自對：「風急」對「天高」，「渚清」對「沙白」，對得極其自然。頷聯是著名的對聯，境界闊大，氣象雄渾，寫出了時間和空間無限的容量。連用對仗，需求變化。如此詩首聯意象密，每句三個意象，句法結構是主謂──主謂──主謂三組並列。頸聯、尾聯意象疏遠，每句一個意象，句法只是一個主謂結構，用字精準簡要，無重複字，無拼湊字，層層疊加，次第加強「悲」的內涵。

五言絕句

絕句的長度是律詩的一半，平仄率相當於截取律詩的前半部分，黏、對都與律詩相同。而對仗方面，沒有固定的要求。所以，熟悉了上一節五言律詩的格式之後，學習五言絕句就非常容易了。五言絕句大都採用首句不入韻式。

五言絕句的基本格式也有仄起式和平起式兩種。

1、仄起首句不入韻式

這一格式，相當於截取五言律詩仄起式的前半部分。

（仄）仄平平仄，平平仄仄平。

（平）平平仄仄，（仄）仄仄平平。

例詩——

登鸛雀樓[53]

〔唐〕王之渙

白日依山盡，黃河入海流。
欲窮千里目，更上一層樓。

前二句寫白日依山而落、黃河奔流入海的恢宏景象。詩人能看見白日依山、黃河奔流，但「入海流」卻是想像，借助想像而造成尺幅萬里的藝術效果。關於白日是朝陽還是落日，其所依之山是什麼山，我以為沒有必要深究和坐實，詩人只是寫宇宙在時間中運行罷了。後二句昇華出一個哲理，是名句。有解詩者說由此可知詩是在二層寫的，因而想像「更上一層」的感覺。這也過於指實了，詩不可如此解。

絕句不要求對仗，但此詩四句兩兩對仗。一、二句是工對，三、四句是流水對。沈德潛《唐詩別裁集》評：「四語皆對，讀來不嫌其排，骨高故也。」

另一式**仄起首句入韻式**，第一句改為(仄)仄仄平平，其餘不變。

(仄)仄仄平平，平平仄仄平。

(平)平平仄仄，(仄)仄仄平平。

例詩——

塞下曲

〔唐〕盧綸

月黑雁飛高，單于[54]夜遁逃。
欲將輕騎逐，大雪滿弓刀。

這首詩生動再現了邊塞生活的一個片段。首聯寫緣起，月黑時恐怕是看不到大雁的，但是俗語有「月黑風高」，風高自然大雁就飛得高。所以，「雁飛高」，既動態十足，避免了單調，又渲染了天氣的惡劣。第二句承接，敵人會選擇在這樣一個晚上逃跑，以為戰士們不會發現。尾聯寫戰士們得知消息，立即行動，為了趕時間，只跨上輕騎，而刀已經出鞘，準備隨時殺敵。「大雪滿弓刀」，豪氣十足，突出了戰士們的颯爽英姿。

---

53 鸛雀樓建於北周時期，在山西蒲州府（今永濟縣）西南。宋沈括《夢溪筆談》卷十五：「河中府鸛雀樓，三層，前瞻中條，下瞰大河。」元初（一二七二）毀於戰火。一九九九年重建。

54 單（ㄔㄢˊ）于：古代匈奴君主的稱號，此處代指遊牧民族的上層首領。

這首詩格律整齊，僅第三句第一字「欲」有所調整。第三句第四字「騎」作名詞講，讀去聲（ㄐㄧˋ），合乎格律。

2、平起首句不入韻式

㊣平平仄仄，㊀仄仄平平。
㊀仄平平仄，平平仄仄平。

（註：首字圈號為「平」「仄」圈字）

例詩——

山中　〔唐〕王勃

長江悲已滯，萬里念將歸。
況屬高風晚，山山黃葉飛。

這首詩寫於詩人客居蜀中時期，融情於景，抒發了迫切的歸鄉之情。首聯對仗，「長江」、「萬里」對舉，境界開闊。因為我的悲傷，覺得長江都已停滯。不使用這種極度誇張不合情理之語，不足以表達詩人感情的深重。表達了迫切的願望之後，尾聯轉回到現實的無奈，正處於深秋時節，漫山黃葉飄飛，這種淒清孤寂之景也正是作者心境的寫照。以景結尾，而景中含情，這樣的方式運用得好，可以提升全詩的境界和容量，餘韻無窮。

詩的格律齊整，唯第四句第三字改用平聲，也在「一三五不論」的範圍內。因前兩字「山山」為疊字，第三字用「黃」字拉長了音節，為結句增加了迴環縈繞的效果。

由此派生**平起首句入韻式**，第一句改為平平仄仄平，其餘不變。

平平仄仄平，㊀仄仄平平。

㊀仄平平仄，平平仄仄平。

例詩——

汾上驚秋　〔唐〕蘇頲

北風吹白雲，萬里渡河汾[55]。

55　河汾：黃河和汾河。汾河在今山西省境內，是黃河的支流，詩中所說的河汾，是指汾水流入黃河的一段。

心緒逢搖落[56]，秋聲不可聞。

這首五絕是一首頗具特色的即興詠史詩，寫汾河邊秋天的來臨，寓深意於寄興，抒發其歲暮時邁的感慨。

漢武帝元鼎四年（前一一三）夏天，方士奏報祥瑞，在汾陰掘獲黃帝鑄造的寶鼎。武帝大喜，秋天親自來到汾陰，祭祀皇天后土，還和群臣在船中飲宴賦詩，作〈秋風辭〉。開元時期的唐玄宗雄心勃勃，大有追步漢武帝之意。開元十一年（七二三）二月，唐玄宗也來到汾陰祭祀皇天后土，並改稱汾陰為寶鼎縣。在從駕祭祀之後兩天，蘇頲忽然被調離朝廷，尚未回京即直接入蜀，任益州大都督府長史。這突然調離的消息使蘇頲甚感失意，於是寫下此詩托景寄情。

了解了上述背景，就比較容易切實理解本詩所蘊含的複雜心情了。首二句化用了〈秋風辭〉的詩意：「秋風起兮白雲飛，泛樓船兮濟河汾。」蘇頲在汾河上被北風一吹，一陣寒意使人驚覺秋天來臨；而詩人當時正處於一生最感失意的境地，出京放任外省的閒職，恰如一陣北風將他這白雲吹得老遠。即景起興中抒發著歷史的聯想和感慨，在關切國家的隱憂中交織著作者個人的哀愁，可謂百感交集，愁緒紛亂。後二句則明確地說穿了這種複雜心情。「搖落」二字化用了〈秋風辭〉中「草木黃落」的句意，又本於宋玉〈九辯〉中「悲哉秋之為氣也，蕭瑟兮草木搖落而變衰」的句意。「心緒逢搖落」，既指蕭瑟的秋風，又指自己失意的境遇，所以說「逢」。「秋聲」為何「不可聞」？秋聲即北風呼嘯的聲音，這種聲音是肅殺的，聽了只會使愁緒更為紛亂，心情更加悲傷，所以「不可聞」。這明白表示了首二句所蘊含的複雜心情的性質和傾向。

作者久與政事，熟悉歷史，預感到漢、唐兩個盛世皇帝之間的異同，隱約地感到某種憂慮，然而自己一時又說不清楚，只能托於「驚秋」。幾年之後的「安史之亂」，印證了作者的隱憂。當時，作者只能用寫自身的失意來表達這種感覺和隱憂。恰因為這一點，構成了一種獨特的藝術特點，以形象來表示，讓讀者去領會。

前面所講近體詩中的四種句式稱為律句，凡用律句寫成的絕句，不管是五言的還是七言的，都稱為律絕，凡不用律句或基本上不用律句的絕句稱為「古絕」。古絕不拘平仄，押韻既可押平聲韻，也可押仄聲韻。「古絕」多用五言，押平聲韻的如：

平平平仄平，平仄仄仄平。（典型非律句）

仄平仄平仄，平平平仄平。

56 搖落：草木凋零、零落。

例詩——

靜夜思　〔唐〕李白

床前明月光，疑是地上霜。
舉頭[57]望明月，低頭思故鄉。

本詩是在寂靜夜晚思念家鄉的經典詩作。因思鄉而難以入眠的詩人看到床前一片水銀似的月色，驟然間以為是秋霜降落。這一「霜」字用得很妙，既形容了月光的皎潔，又表達了季節的寒冷，暗示了思鄉的情感。詩人索性起來，抬頭而望，夜空上一輪孤光。這孤寂的寒月自然引起無限惆悵，使詩人不由得低下頭來沉思，愈加想念自己的故鄉。望月思鄉，是旅居外地時所常有的感情。此詩即景生情，從「疑」到「舉頭」，從「舉頭」到「低頭」，形象地表現了詩人的心理活動過程，以平淡的語言娓娓道來，將一幅鮮活的月夜思鄉圖生動地呈現在我們面前。這首詩寥寥數語便將主題表現得淋漓盡致，如清水芙蓉，不帶半點修飾，一切均從心底自然流出，宛如天籟，以致千百年來膾炙人口，流傳不衰！

押仄聲韻的如：

平平仄平仄，仄仄仄平仄。
仄仄平仄平，仄平平平仄。
（後兩句典型非律句）

例詩——

拜新月

〔唐〕李端

開簾見新月，即便下階拜。
細語人不聞，北風吹裙帶。

唐代拜月的風俗流行，此詩寫作者之所見所聞，全用素描手法，只以線條勾勒輪廓。「開簾」一句，揣摩語氣，開簾前似未有拜月之意，然開簾一見新月，即便於階前隨地而拜，可知其長期以來積有許多心事，無人訴說，無奈托之於明月。「即便」二字是欣賞全詩的關鍵所在，於虛處傳神，為語氣、神態、感情之轉折處。「細語」二字，惟妙惟肖地狀出

57 舉頭：抬頭。

少女嬌嫩含羞的神態。庭院無人，臨風拜月，其虔誠之心，其真純之情，其憐惜之態，令人神往。後兩句有不盡之意，而筆鋒落處，卻又輕如蝶翅。

有學者認為古絕不屬格律詩的範疇，加之應用也少，此處故只敘及，不加詳論。

七言絕句

在本章第一節已介紹，傳統格律詩只有四種句式，這四種句式稱為律句。所有的格律詩都是由這四種句式以不同的順序排列組合出來的。七言的四種句式是將五言的每一句前都加上兩字，成為每句七個字：

平平仄仄平平仄，仄仄平平仄仄平。

仄仄平平平仄仄，平平仄仄仄平平。

第一種句式稱平仄腳，第二種句式稱仄平腳，第三種句式稱仄仄腳，第四種句式稱平平腳。這四種句式排列組合，就構成七言絕句的兩類四種格式。

1、平起首句不入韻式

(平)平(仄)仄平平仄，(仄)仄平平仄仄平。
(仄)仄(平)平平仄仄，(平)平(仄)仄仄平平。

例詩——

馬嵬坡[58]　〔唐〕鄭畋

玄宗回馬楊妃死，雲雨難忘日月新。
終是[59]聖明天子事，景陽宮井又何人？

這首詩語句通俗，但含有許多典故，如若不明典故，是很難理解詩意的。

「馬嵬坡」用玄宗縊死楊貴妃事。「雲雨」，該典出自宋玉〈高唐賦．序〉：「先王嘗遊高唐，怠而晝寢，夢見一婦人曰：『妾在巫山之陽，高丘之陰，旦為朝雲，暮為行雨，朝朝暮暮，陽台之下』。」後世因用「雲雨」指男女歡會，本詩中指唐玄宗與楊貴妃的恩愛之情。「景陽宮井」，景陽宮在台城（今江蘇南京市玄武湖邊）內。據《陳書．後主妃》記載，隋兵攻入台城時，陳後主與其寵妃張麗華等入景陽宮井中躲避，後來為隋兵所獲。

在馬嵬坡憑弔的詩很多，有責備楊貴妃禍國的，有批評唐玄宗無情義的，也有同情楊貴妃的。鄭畋的這首〈馬嵬坡〉卻不因襲陳說，自出機杼，表現了作者身為政治家不同的視角和眼光。六軍譁變，玄宗回馬掩面，只得將楊貴妃賜死，但是隨著時間的推移，他對楊貴妃的思念之情愈益難忘。雖然玄宗承受了感情上的傷痛，但他避免了重蹈陳後主覆轍的錯誤，到底是聖明之舉。

這首詩擺脫了許多馬嵬坡的單從感情方面進行評判的窠臼，而認為將感情置於國家的命運與前途之下是明智的，因而後人以為作者有「宰輔之器」。

2、平起首句入韻式

(平)平(仄)仄仄平平，(仄)仄平平仄仄平。

(仄)仄(平)平平仄仄，(平)平(仄)仄仄平平。

58 馬嵬坡：即馬嵬驛，在今陝西省興平縣。天寶十五年（七五六）安祿山叛軍攻破潼關，唐玄宗從長安（今西安）倉皇出逃。行至馬嵬驛，隨從軍隊譁變，殺死楊國忠，並請誅死楊貴妃。唐玄宗迫於情勢，令人縊死楊貴妃。

59 終是：到底是。

例詩——

宮詞

〔唐〕顧況

玉樓天半起笙歌，風送宮嬪笑語和[60]。
月殿影開聞夜漏，水晶簾卷近秋河[61]。

宮詞是寫宮女生活的，而且一般是寫其怨情。這首詩沒有標明「怨」字，似乎與「怨」無關，但細細品味，卻可以體會到作者的韻外之音。

「玉樓」兩句是說，高到半天的玉樓上笙歌四起，宮女嬪妃們歡快的說笑聲隨風傳來。宮中如此豪華氣派，宮中人是否都在歡快地說笑呢？「月殿」兩句是說眼看明月的銀輝照著殿庭，耳聽著滴漏計時的滴嗒聲。捲起水晶一樣的珠簾，遙望窗外銀河正橫亙在秋天的夜空。作為一個宮女，在笙歌四起、嬪妃笑語的時候，她獨自一個人看著月光映照著宮殿，聽著象徵青春流逝的滴漏聲音；捲起珠簾，看見將牛郎與織女隔在兩邊的銀河，她能不聯想到自己的身世嗎？她也許曾是一個受寵者，但現在新的受寵者已代替了她的位置。宮中的豪華與熱鬧愈發反襯出被冷落者的伶仃孤苦，反襯出失寵者的深深怨情，這裡詩人雖沒有點出這個「怨」字，但字裡行間都流露著這個「怨」字。

這首詩的好處就在於含而不露，引而不發，將一份幽怨哀婉之情在一種輕淡的氛圍中烘托了出來。

3、仄起首句不入韻式

(仄)仄(平)平平仄仄，(平)平(仄)仄仄平平。

(平)平(仄)仄平平仄，(仄)仄平平(仄)仄平。

例詩——

夜上受降城[62]聞笛 〔唐〕李益

回樂烽[63]前沙似雪，受降城外月如霜。

---

60 天半：形容樓很高。宮嬪：宮女、嬪妃。

61 漏：古代透過滴水計時的工具。水晶簾：水晶一樣的珠簾。秋河：秋天的銀河。

62 受降城：貞觀二十年，唐太宗於靈州受突厥一部之降，故靈州也稱受降城。

63 回樂烽：回樂縣附近的烽火台，回樂在靈武西南。

不知何處吹蘆管[64]，一夜征人盡望鄉。

受降城在初唐時有十分顯赫的經歷，然而時至中唐，國力衰微，邊亂不息，長期戍守在這裡的將士也不再有初唐、盛唐時的自信，相反，厭戰情緒籠罩著他們。在這樣的大背景下，詩人帶著沉重的心情，在深秋的一個月夜，登樓遠眺，無限感慨，寫下了這首詩。一、二句寫詩人登樓時所見的月下景色。月光照著受降城高矗的烽火台，連同它腳下的茫茫大漠。這月光有如霜一般的清冷，給漫無邊際的沙地也染上一層清冷的色彩。三、四句緊承前兩句，寫在一片岑寂中，不知從何處傳來蘆管的吹奏聲，這隨風而至、時斷時續的樂音，竟然吹動了所有人的思鄉之情。「一夜征人盡望鄉」一句，包含了凝重、深長的意味，「盡」字寫出了他們無一例外的不盡鄉愁。如果不是征人的思鄉之心急切，如果不是征人徹夜難眠，這樂音怎能擾動他們鏖戰後的沉酣呢？

從全詩來看，前兩句寫景，第三句寫聲，末句抒心中所感，寫情。前三句都是為末句直接抒情作烘托、鋪墊。全詩景色、聲音、感情三者融合為一體，將詩情、畫意和音樂美熔於一爐，組成了一個完整的藝術整體，意境渾成，簡潔空靈，而又具有含蘊不盡的特點。因而被譜入弦管，天下傳唱，成為中唐絕句中出色的名篇之一。

4、仄起首句入韻式

(仄)仄平平仄仄平．，(平)平(仄)仄仄平平．。
(平)平(仄)仄平平仄，(仄)仄平平仄仄平．。

例詩——

烏衣巷[65]　〔唐〕劉禹錫

朱雀橋[66]邊野草花，烏衣巷口夕陽斜。
舊時王謝堂前燕，飛入尋常百姓家。

---

64 蘆管：即胡笳，一種以蘆葉為管的樂器。《太平御覽》卷五百八十一引《晉先蠶儀注》：「笳者，胡人卷蘆葉吹之以作樂也，故謂胡笳。」

65 烏衣巷：在今南京市東南，秦淮河附近。三國時東吳駐軍於此，因軍士皆穿黑衣而得名。東晉時大貴族王導、謝安兩大家族，也居住在烏衣巷，人稱其子弟為「烏衣郎」。

66 朱雀橋：在今南京市東南，橫跨秦淮河。

是一首懷古詩。前兩句寫景，「朱雀橋」、「烏衣巷」，昔日繁華之地，只今唯餘野花閒草，夕陽斜照。後兩句寫情，依然是今昔對比，依然是輕描淡寫，道出了人事已非。詩人不直寫物是人非，而是以燕歸舊巢為喻，含蓄雋永，耐人尋味，深受後人推崇。

詩的妙處在於，只寫普通景物，沒有一字慨嘆，卻深刻地表現出那種滄海桑田的興衰之感。這就是詩論所謂的「不著一字，盡得風流」。

這首詩格律整齊，第一句第一字「朱」、第三句第一字「舊」與第三字「王」、第四句第一字「飛」有所調整，都是可平可仄之處。

歌行

中國是詩歌的國度。《詩經》中有十五國風，後人由此引申將詩歌也稱為「風」。唐以前寫詩不求平仄、對仗，用韻自由，字數句數形式不拘，一首詩可長可短，句數可奇可偶，字數可以是五言，也可以是七言，甚至可以一首詩中有三言、四言、五、六、七言等長短句式。唐人將這類詩稱為古體詩，即古風。

古風的特點是用韻不受限制，可用平韻，也可用仄韻，而且可以換韻，不求對仗，不拘字數，不拘平仄，因此不存在平起平收和仄起仄收一說，既無失黏又無失對和孤平拗救。但古風也有它的獨特之處，它要求古樸風雅，遣詞造句或雄壯鏗鏘，或纏綿委婉。詩人在寫古風時盡可能不用律句，多用拗句或以仄聲押韻以求格調高古。本書不將古風歸入格律詩的範疇，故不贅論。

唐以後聲律大興，時人按聲律將詩分為古體詩和近體詩。這是唐代形成的概念。而且自從有了律詩以後，詩人們嘗試用律句寫古風，這種入律的古風，律句的要求不嚴，用韻較寬，並且一首詩中常常幾句一換韻，平韻和仄韻交替，講究氣韻流暢渾成，風神搖曳，鋪陳華麗，稱為歌行體。如白居易的〈長恨歌〉和〈琵琶行〉及王維的〈桃源行〉等都是膾炙人口的歌行名作。下面僅舉唐代高適〈燕歌行〉為例，以明歌行之體要：

例詩——

燕歌行[67]

〔唐〕高適

漢家[68]煙塵在東北，漢將辭家破殘賊。男兒本自重橫行[69]，天子非常賜顏色。摐金伐鼓下榆關[70]，旌旆逶迤碣石間。校尉羽書飛瀚海[71]，單于獵火照狼山。山川蕭條極邊土，胡騎憑陵雜風雨[72]。戰士軍前半死生，美人帳下猶歌舞[73]。大漠窮秋[74]塞草腓，孤城落日鬥兵稀。身當恩遇常輕敵[75]，力盡關山未解圍。鐵衣遠戍辛勤久，玉箸應啼別離後[76]。少婦城南欲斷腸，征人薊北空回首[77]。邊風飄颻[78]那可度，絕域蒼茫更何有？殺氣三時作陣雲，寒聲一夜傳刁斗[79]。相看白刃血紛紛，死節從來豈顧勛[80]？君不見沙場爭戰苦，至今猶憶李將軍[81]！

本詩是詩人在開元二十六年（七三八）有感於征戍之事而作的邊塞詩。全詩視角廣闊，描摹邊塞征戰生活，歌頌以身許國、英勇戰鬥的從征將士，揭露了統帥不恤士卒與荒淫無能給戰士、百姓及國家帶來的災難。

---

67 燕歌行：古樂府《相和歌辭．平調曲》舊題，本詩內容有所開拓，此前多限於寫思婦對征人的懷念之情。
68 漢家：借指唐朝。
69 橫行：縱橫馳騁於敵軍中。
70 摐（ㄔㄨㄤ）：擊打。金：指形如長形鐘、有柄可持的類似鉦的行軍時所用樂器。榆關：指山海關，是通向東北的要隘。
71 校尉：武官名。羽書：指插羽毛以示緊急的傳送緊急情報或命令的文書。
72 極邊土：直到邊疆的盡頭。憑陵：憑藉某種有利條件威逼、侵犯他人。
73 軍前：軍事前線。帳下：指領兵將帥的營帳裡。
74 窮秋：深秋。腓（ㄈㄟˋ）：病；枯萎。一作「衰」。
75 當：受到。恩遇：指受到皇帝的恩惠知遇。
76 鐵衣：借指著鐵甲的兵士。玉箸：玉製的筷子，借指思婦的眼淚。
77 城南：泛指少婦的住處。薊北：泛指征人所在地。
78 飄颻：這裡喻動盪不安。
79 三時：指早、中、晚，猶言整天，與下文「一夜」相對。刁斗：古代軍用銅炊具，夜間用以打更報夜。
80 相看：共見。豈顧勛：哪裡想到立功受賞。
81 李將軍：指漢守邊的名將李廣，他與匈奴作戰時有勇有謀，身先士卒，與兵同甘共苦，屢立戰功。

第一段八句寫出師，邊境告急、戰士奉命出征。「在東北」、「破殘賊」點明了戰爭的方位和性質。「重橫行」、「賜顏色」為下文埋下伏筆，看似讚揚將領去國時的威武榮耀，實則隱含譏諷。本段從辭家去國寫到榆關、碣石、瀚海、狼山，概括了出征的歷程，氣氛從緩和漸入緊張。

第二段八句寫戰爭的具體經過。敵人蹂躪如雨暴風急，大半戰士戰死陣前，軍士戰死難解圍，可謂一場雙方力量對比懸殊的血戰。而「美人帳下猶歌舞」暗示戰爭必敗的原因。運用對比的手法，形象描繪了將帥的驕惰輕敵和戰士的苦戰。

第三段八句寫戰敗被圍，戰士和思婦重逢無期的悲涼，實際是對統帥極深的譴責。邊關曠遠，絕地蒼茫，戰雲密布，寒氣襲人。這不能不讓人追尋把戰士、思婦置於這樣處境的根本原因，從而深化主題。

第四段四句寫戰士以身殉國的悲壯和詩人的感慨。戰士視死如歸，不懼血染白刃、為國犧牲不計功名，多麼勇敢，卻又多可悲，這樣優秀的戰士竟沒有遇上愛兵惜兵的飛將軍李廣呢！

全詩二十八句，寫出了一次戰役的全過程，多用對比手法，只擺事實，不輕易下結論，藝術效果十分強烈。

這一首歌行有很多的律詩特點，如：

一、篇中各句基本上都是律句，或準律句（即(仄)仄平平仄平仄）。

二、基本上依照黏對的規則，特別是出句和對句的平仄完全是對立的。

三、基本上四句一換韻，每段都像一首平韻絕句或仄韻絕句；其中有一韻是八句的，像仄韻律詩。

四、仄聲韻與平聲韻完全是交替的。

五、韻部完全依照韻書，不用通韻。

六、大量地運用對仗，而且多數是工對。

總之，相對於律詩來說，歌行體是大大的自由了，平仄、黏對、韻律、對仗都講究一些，但又帶有隨意性，率性而為，酣暢淋漓。

參、避忌

——戴著鐐銬跳舞

失黏與失對

何為黏對？對，就是一聯中兩句平仄相對。黏，就是平黏平，仄黏仄；後聯出句第二字的平仄要跟前聯對句第二字相一致。具體說來，要使第三句跟第二句相黏，第五句跟第四句相黏，第七句跟第六句相黏。上文所述的五律平仄格式和七律平仄格式，都是合乎這個規則的。試看下所引李商隱的〈贈別前蔚州契苾使君〉，第二句「世」字仄聲，第三句「卷」字跟著也是仄聲；第四句「飛」字平聲，第五句「兒」字跟著也是平聲；第六句「女」字仄聲，第七句「晚」字跟著也是仄聲。可見黏對的規則是很嚴格的。

首聯出句：平平仄仄仄平平　何年部落到陰陵
首聯對句：仄仄平平仄仄平　奕世勤王國史稱
頷聯黏出：仄仄平平平仄仄　夜卷牙旗千帳雪
頷聯對出：平平仄仄仄平平　朝飛羽騎一河冰

頸聯黏出：平平仄仄平平仄　蕃兒襁負來青塚
頸聯對出：仄仄平平仄仄平　狄女壺漿出白登
尾聯黏出：仄仄平平平仄仄　日晚鷺鷀泉畔獵
尾聯對出：平平仄仄仄平平　路人遙識郅都鷹

黏對的作用，是使聲調多樣化。如果不「對」，上下兩句的平仄就雷同了；如果不「黏」，前後兩聯的平仄又雷同了。這樣的弊病叫作失黏與失對，是詩家「不敢越雷池」的大忌。

孤平

孤平是指在五言「平平仄仄平」這個句型中，除了韻腳之外，只剩一個平聲字了。（亦即第一字必須用平聲：如果用了仄聲字，就是犯了孤平。）七言是五言的擴展，所以在「仄仄平平仄仄平」這個句型中，第三字如果用了仄聲，也叫犯孤平。這當然是作者在對「一三五不論」片面的理解下產生的錯誤，是格律詩（包括長律、律絕）的大忌。因為在唐人的律詩中，絕對沒有孤平的句子。所以詩人們在寫格律詩的時候，應注意避免孤平。在詞曲中用到同類句子的時候，也應注意避免孤平。

需要注意的是，犯孤平只有平腳的句子才會發生。仄腳的句子即使只有一個平聲字，也不算犯孤平。如李白〈宿五松山下荀媼家〉：「我宿五松下」，只算拗句，不算孤平。又指的是「平平仄仄平」這個格式，至於像孟浩然〈臨洞庭上張丞相〉：「八月湖水平」，那也是另一種拗句，不是孤平。

如因創作的實際需要，在「平平仄仄平」這一格式中，第一字不得不為仄聲，那就要

「孤平拗救」。就是指必須要將第三字調整為平聲，以避免孤平。上面所舉李白〈宿五松山下荀媼家〉就是如此。對於七言律句「仄仄平平仄仄平」，若是第三字用了仄聲，則必須將第五字調整為平聲，如：

例詩——

回鄉偶書

〔唐〕賀知章

少小離家老大回，鄉音無改鬢毛衰[82]。
兒童相見不相識，笑問客從何處來。

本詩是詩人年老（八十六歲）還鄉後所作，從反面寫久客傷老之情。一個多年客居他鄉的遊子回到了故土，離家時青春年少，風華正茂，歸來已變成華髮稀疏的耄耋老人。幾十年的歲月就在「少小」與「老大」之間倏忽而過，不由得讓人傷感唏噓；離家鄉多年卻「鄉音無改」，暗寓故土難忘，我們彷彿看見一個容顏上寫滿滄桑的老人

82 衰（ㄘㄨㄟ）：稀疏之意，一作「摧」。

感慨萬千地走在回鄉的路上。接下來，詩人並沒有寫感慨的具體內容，而是將筆宕開，擷取了非常平常的一個生活片斷——兒童看見陌生的面孔，好奇地問：「客人，你從哪裡來？」兒童的提問出乎自然，合情合理，詩人聽來卻頗為詫異，這是我的故鄉呵！詫異中有可笑，可笑中有對時光流逝的深深無奈，詩歌在此處戛然而止。一生多少起伏曲折，多少世事滄桑，都付與小孩天真爛漫的一問中，確實是意味深長。

這首詩給人妙手天成之感。生動逼真的生活場景，樸實無華的文字，自然流淌的感情，渾然一體。詩人對歲月的流逝，傷感卻不消沉，無奈中有詼諧，表現出一種人生的睿智。

這首詩第四句應是「仄仄平平仄仄平」的格式，第三字「客」用了仄聲，於是第五字「何」調整為平聲，救第三字「客」，這就叫做「孤平拗救」。

「句末三連平」以及「句末三連仄」

「句末三連平」又稱「三平尾」、「尾三平」、「犯三平」、「三平調」、「三平腳」，指詩句末尾三字都是平聲。在近體詩中，倘若五言仄起平收（仄仄仄平平）句式的第三字、七言詩平起平收（平平仄仄仄平平）句式的第五字之仄聲被改為平聲，使末尾三字俱平，就違反了平仄規則，作者應儘量避免。

唐人格律詩中三平尾頗為罕見，但也不是如犯孤平那樣斷不容發生的大忌。如杜甫〈釋悶〉：「四海十年不解兵，犬戎也復臨咸京。」李商隱〈錦瑟〉首聯：「錦瑟無端五十弦，一弦一柱思華年。」都有「句末三連平」的情況，且都是名詩名句。不過學詩者還是儘量勿以為法，作格律詩要避免三平尾。

「句末三連仄」又稱「三仄尾」，是指一句詩最後三個字都是仄聲。不過，「三仄尾」的律詩作品在唐詩中實在太多，例如王灣〈次北固山下〉：「潮平兩岸闊，風正一帆懸。」沈佺期〈古意呈補闕喬之〉：「誰為含愁獨不見，更教明月照流黃。」崔顥〈送單于裴都護赴西河〉：「單于莫近塞，都護欲臨邊。」王維〈送梓州李使君〉：「山中一夜雨，樹杪百重泉。」李山甫〈寒食〉：「有時三點兩點雨，到處十枝五枝花。」以上出句都是三仄尾。因此，我以為就詩律而言，「句末三連仄」不過小疵而已，算不上出律，初學者更不必舉步維艱地刻意避免，以致以辭害意，自設樊籬。

肆、填詞

——淒婉動聽的文字藝術

詞律的概念

詞的起源和樂府詩一樣，是與音樂分不開的，故亦稱為「曲詞」或「曲子詞」。後來詞也跟樂府一樣，逐漸跟音樂分離了，成為詩的別體，所以有人把詞稱為「詩餘」。詩的產生早於詞，文人的詞深受律詩的影響，所以詞中的律句特別多。

詞依篇幅大致可分三類：（1）小令；（2）中調；（3）長調。一般認為：五十八字以內為小令，五十九字至九十字為中調，九十一字以外為長調。長調的特點，除了字數較多以外，就是一般用韻較疏。詞是長短句，但是全篇的字數是有一定的，每句的平仄也是有一定的，押韻的位置也多種多樣，如此一來，我們寫詞就不能信步由韁，而必須按詞譜去寫，叫做填詞。

1、詞牌

詞牌，就是詞的格式名稱。每個詞牌有一個詞譜，也有一個詞牌有兩個或幾個詞譜的。詞牌是詞調的名稱，而不是詞的題目，詞牌可以就當作詞的題目，但不能說詞牌就是詞的題目。但是，絕大多數的詞都不是用「本意」的，因此，詞牌之外還有詞題。一般是在詞牌下面用較小的字注出詞題。在這種情況下，詞題和詞牌不發生任何關係。撇開詞牌的來源不論，一首〈蝶戀花〉，可以完全不講到蝶，也不講到花；一首〈漁家傲〉也可以完全與漁家無涉。這樣，詞牌只不過是詞譜的代號罷了。

2、單調、雙調、三疊、四疊

詞有單調、雙調、三疊、四疊的分別。

單調的詞只有一段，往往就是一首小令。例如白居易的〈憶江南〉：

江南好，風景舊曾諳。日出江花紅勝火，春來江水綠如藍。能不憶江南？

雙調的詞分兩段，有的是小令，有的是中調或長調。這兩段詞稱前後兩闋或上下兩片。兩闋的字數相等或基本上相等，平仄也同。一般是開頭的兩三句字數不同或平仄不同，叫做「換頭」。之所以如此，大概溯源於樂曲的演奏了。雙調是詞中最常見的形式，像辛棄疾的〈鷓鴣天〉：

壯歲旌旗擁萬夫。錦襜突騎渡江初。燕兵夜娖銀胡䩮，漢箭朝飛金僕姑。追往事，嘆今吾。春風不染白髭鬚。卻將萬字平戎策，換得東家種樹書。

有的詞牌像〈踏莎行〉、〈漁家傲〉，前後兩闋字數完全相等。其他各詞，前後闋字數基本上相同。

三疊就是三闋，四疊就是四闋。三疊、四疊的詞很少見，而且初學者不便使用，這裡就不贅述了。

3、詞韻

詞韻較詩韻為寬，最權威的是戈載的《詞林正韻》。戈氏把平水韻大致合併，取前代著名詞人名作參酌，確定可「通用」之韻部從而合併之，成十九部。他的歸納基本符合唐宋以來詞體文學創作實際，因而受到學者和詞家普遍認可。此書遂成為公認的詞韻工具書，因而也是填詞者的必備寶典。龍榆生《唐宋詞格律》將戈氏《詞林正韻》選出常用八千餘字，名曰《詞林正韻簡編》，精要實用，為世所推重。我們就將其附錄書後，以備讀者檢索。

詞譜與填詞

詞譜是詞的格式要求，每種詞牌除都有特定的曲調以外，還有規定其文句、字數及平仄的特定詞譜。寫詞又稱填詞，就是按照詞譜的要求填入文字，所以寫詞必然要依靠詞譜。

歷來詞譜很多，以萬樹《詞律》與舒夢蘭《白香詞譜》為最著。清萬樹《詞律》二十卷，收唐、宋、元詞六百六十調，一千一百八十餘體，校訂平仄音韻、句法異同，確定規格，糾正過去流傳詞譜的錯誤不少。與《詞律》性質、篇幅差不多的還有清初官方製作的《欽定詞譜》，卷帙浩繁，諸牌各體大備於是。而《白香詞譜》則以簡明實用，成為清代中後期應用最為廣泛，也被後世最為推崇的詞學入門書。《白香詞譜》選常見詞調一百種（實為九十九調），每調選常用的一體，錄詞一首，自唐至清代作者共五十九人。所選的詞作，大多為思想性和藝術水準都比較高的名作，這也是本書流行的另一重要原因。譜以詞長短為序編次，字數從少到多。詞旁用黑白圈標註平仄，並有表示句讀的符號。每首詞調下，舒夢蘭分別加了簡明題目。此書最早刊印於乾隆三十一年（一七六六），出版在《詞律》與《欽定詞譜》之後，譜中平仄格律當用兩書校過。一般讀者喜其簡便，既可當作詞譜用，又可當詞選讀，因此出版後很快就流行起來。

現在很多談詞律的書，介紹詞譜時都以平韻、仄韻、混韻分類。我以為不如《白香詞譜》按字數多少，依小令、中調和長調排列，那樣一目瞭然，查檢方便，於寫作便利實用。我們就從《白香詞譜》（上海古籍出版社，二〇一一年版）中選擇常用詞調五十種，包括小令、中調和長調，就用《白香詞譜》的原詞，將平仄附註於該詞字下。◯代表可仄，●代表可平。◎代表平韻，△代表仄韻。①②代表不同的平聲韻部，意謂換韻；⚠①⚠②也是如此，代表不同的仄聲韻部，意謂換韻。可平可仄則據《詞律》、《詞譜》折中而定，有時據同詞調中句式、字數一致者的作品酌定。每調說明作法，以供學者創作借鑑。作法文字主要採用丁汝明訂《白香詞譜》，有的地方參酌了龍榆生《唐宋詞格律》，不敢掠美，謹此說明。

憶江南　懷舊

〔南唐〕李煜

多少恨，昨夜夢魂中。還似舊時遊上苑[83]，車如流水馬如龍[84]。花月正春風。

平●仄　●仄仄平◎　○仄●平平仄仄　○平○仄仄平◎　○仄仄平◎

【賞析】

此詞係李煜亡國歸宋後的作品。詞人以〈憶江南〉這個詞調回憶江南舊遊，表達對故國繁華的追戀，抒發亡國之痛。

起句提問，開門見山，直抒胸臆。「昨夜夢魂中」道出其怨恨之由，至於怨恨的具體內容，則欲言又止。一、二兩句可謂迂迴曲折，百態千姿，令人牽腸掛肚。接下來的三句均寫夢境，如行雲流水，一瀉千里，直貫到底，將夢中情景傾瀉。臣妃迤邐隨行，車馬絡繹不絕，春光明媚，春花爛漫，春風和煦，白晝不足，又繼之以夜。此夜月明如水，花好月圓，其樂無窮。「花月」與「春風」之間，以一「正」字勾連，景之穠麗、情之濃烈，一齊呈現，將夢中上苑之遊樂推向最高潮，而詞卻在此至景至情中戛然而止，讓人自去思索玩味那意興淋漓的背後所隱藏的無限悲愴。

全詞通篇不對當前處境作正面描寫，而是透過這場昔日繁華生活的夢境進行有力的反托。夢中的情事固然是後主時時眷戀的，但夢醒時分面對殘酷的現實，兩兩相較，情何以堪！正因為「車如流水馬如龍，花月正春風」的景象已一去不復返，所以夢境愈是繁華熱鬧，夢醒後的悲哀就愈是濃重，才會不知有「多少恨」。

【作法】

〈憶江南〉又名〈夢江南〉、〈望江梅〉、〈望江南〉、〈謝秋娘〉、〈江南好〉、〈安陽好〉等。詞名始自唐李德裕鎮浙日，為亡妓謝秋娘所作，本名〈謝秋娘〉。後因唐人白居易用此調作詞三首，其第一首末句為「能不憶江南」，遂改名為〈憶江南〉。到宋代，常有將兩首〈憶江南〉分成上下闋成一雙調詞者。單闋〈憶江南〉二十七字，五句，三平韻。首句第二字雖然可平可仄。但以用仄為宜。若第二字用仄，則第二句的第一字用平為宜。如唐劉禹錫「春去（仄）也，多（平）謝洛城人」；敦煌曲子「天上（仄）月，遙（平）望一團銀」。又，第三、第四句多用對偶句格，類似平起七律中的第二聯。

83 上苑：古代皇帝的園林。

84 車如句：語本《後漢書．馬皇后紀》：「車如流水，馬如游龍。」極言排場大，車馬眾多。

搗練子　秋閨

〔南唐〕李煜

深院靜，小庭空，斷續寒砧[85]斷續風。無奈夜長人不寐，數聲和月到簾櫳[86]。

平仄仄　仄平◎　仄仄平平　仄仄◎　○仄仄平平仄仄　仄平平仄仄平◎

【賞析】

這是一首傷秋的小令。這首詞的詞牌因其內容以搗練為題材而得名。

起首兩句「深院靜，小庭空」，渲染出景物環境。「靜」和「空」分別訴諸聽覺和視覺，營造出幽靜寂寥、空虛冷漠的環境，看似狀景，實際是主人公內心世界的寫照。第三句是整首詞的核心。造句遣詞十分生動，因為風力時強時弱、時有時無，才使得砧聲若斷若續，這就把一種訴諸聽覺的沉悶靜態寫活了。接下寫不寐人心潮難平，思緒紛亂。結句寫得很樸素，洗盡鉛華，用單調的砧聲和清朗的月光喚起讀者對一個孤獨無眠者的惆悵和同情。

這首小令的創作意旨當然難以窺探，但透過描繪深院小庭夜深人靜時斷續傳來的風聲、搗衣聲，以及映照著簾櫳的月色，刻意營造出一種幽怨欲絕的意境，讓人不覺沉浸其中，去感受長夜不寐者的悠悠情懷。

【作法】

〈搗練子〉，又名〈深院月〉、〈夜如年〉、〈杵聲齊〉、〈搗練子令〉等。詞牌得名，始於李煜此詞。內容多寫思婦懷念征夫。二十七字，五句，三平韻。首兩句多作對仗，且為上二下一句法。第三、四、五句似平起七絕的第二、三、四句；雖說每句第一、第三字平仄可不論，但萬樹《詞律》規定較嚴。此詞下所標平仄，即以《詞律》為準。

憶王孫　春詞

〔宋〕李重元

萋萋[87]芳草憶王孫，柳外樓高空斷魂。杜宇[88]聲聲不忍聞。欲黃昏，雨打梨花深閉門。

○平　○仄仄平◎　●仄平平○仄◎　●仄　平平●仄◎　仄平◎　●仄平平○仄◎

85 寒砧（ㄓㄣ）：指秋寒夜中的搗衣聲。砧，搗衣石。古代風俗，秋風吹起，家人搗練帛為他鄉遊子準備寒衣。

86 簾櫳：掛有帘子的窗戶。

87 萋萋：草茂盛的樣子。

88 杜宇：即杜鵑，又名子規。相傳是古代蜀國望帝死後所化，叫聲哀傷，常啼出血來；其叫聲似說「不如歸去」，多引起旅人的思鄉之情。

【賞析】

李重元有四首〈憶王孫〉，分別以春夏秋冬四季為題，這是其中的第一首。這首詞借春景來表現閨中女子懷人。「萋萋芳草」句化用《楚辭．招隱士》句意，點明主題。王孫，這裡是指遊子。接下來一句交代了地點，在小樓中獨居。正是春日，芳草萋萋、楊柳成蔭，最能勾起懷春女子的感傷情懷。因為楊柳依依，既引動對於折柳贈別時的憶念，而漸深的柳色又讓人想到青春的流走。「空斷魂」，既是孤寂的傷感，又是失望的哀嘆。這就已經足夠讓這名女子心碎腸斷的了，而此時杜鵑的啼叫送來了又一重深重的哀愁。於是這名女子回到房間之內。天色已是黃昏，雨點打在梨花上，她卻緊閉房門，獨自哀愁。整首詞雖然短小，但意象運用純熟，抒情濃烈但有節制，是一篇難得的佳作。

【作法】

〈憶王孫〉，又名〈憶君王〉、〈豆葉黃〉、〈闌干萬里心〉、〈怨王孫〉、〈畫蛾眉〉等。詞牌名即由此詞而得。三十一字，五句，五平韻。第四句第一字用去聲為宜。第二、第三、第五句的第五字一般宜用平。

調笑令 宮詞

〔唐〕王建

團扇[89]，團扇，美人並來遮面[90]。玉顏憔悴三年，誰復商量管弦。

平△　平△　仄◯仄平平△　仄平平仄平◎　平仄平平仄◎

弦管，弦管，春草昭陽[91]路斷。

平△　平△　平仄平平　仄△

【賞析】

此調亦即〈宮中調笑〉，又稱〈轉應曲〉，本篇描寫了封建帝王後宮宮女紅顏未老恩先斷而被拋棄的悲慘命運。

開端兩句，以詠扇起興，繪出一幅宮中仕女圖。當年女主人公有著出眾的才貌，團扇開合，輕歌曼舞，曾受過皇帝寵幸。「玉顏憔悴」一句轉折，後兩句展開道出女主人公的不幸命運。女主人公因病色衰而困處冷宮，再無人與之商量歌舞之事。結尾點明宮怨之意。「弦

89 團扇：一種有柄的圓形紈扇。

90 並來遮面：一種舞蹈動作，演員用兩把團扇交並，用來遮臉。並，一作「病」，則另是一種理解。

91 昭陽：漢殿名，漢成帝時寵妃趙飛燕、趙合德姐妹所居。此處借指美人居所。

管」兩字復沓，極有助於意境的深化和詞意的豐富，更似悲從中來，深恨之情溢於言表。由此帶出末句。「昭陽路斷」即君恩已絕，何來琴瑟和諧？不可避免的結局終於到來，情態由淒涼跌入迷惘，餘怨無盡。

又，古時有用團扇喻女子的命運。要用時，「出入君懷袖，動搖微風發」，輕憐重惜。秋風颯至，則「棄捐篋笥中，恩情中道絕」了。這就是此詞以團扇起興的由來。

【作法】

〈調笑令〉，又名〈三台令〉、〈轉應曲〉、〈宮中調笑〉等。白居易〈代書詩一百韻寄微之〉「打嫌調笑易」下自注云：「拋打曲有〈調笑令〉。」其來歷如此。三十二字，四仄韻，二平韻，二疊句疊韻。第二處的疊韻，必須是上句（六言）最末兩字倒轉，寫作此詞故有一定的難度；此詞又名〈轉應曲〉，就是因此而得。此調的平仄、用韻在唐五代時尚未固定，形式多樣。如這首詞前後兩處叶同一仄韻，而有的詞就叶不同的仄韻，今再舉兩首例如下（字下一概不注可平可仄）：

調嘯詞

〔唐〕韋應物

河漢[92]，河漢，曉掛秋城漫漫[93]。愁人起望相思，江南塞北別離。

平△1　平△1　仄仄平平仄△1　平平仄仄平◎　平平仄仄仄◎

離別，離別，河漢雖同路絕。

平△2　平△2　平仄平平仄△2

【賞析】

這首詞是江南塞北的征夫思婦之曲，與白居易〈望月有感〉：「共看明月應憐淚，一夜鄉心五處同」同一創作機杼。末云「路絕」，表達兩地的日夜離情，托想甚高。

---

92 河漢：即銀河。

93 漫漫：無邊無際貌。

轉應曲

〔唐〕戴叔倫

邊草[94]，邊草，邊草盡來兵老。山北山南[95]雪晴，千里萬里月明。

平△1　平△1　平仄仄平平△1　平仄平平仄◎　平仄仄仄仄◎

明月，明月，胡笳[96]一聲愁絕。

平△2　平△2　平平仄平平△2

【賞析】

這是作者僅存的一首詞，也是唐代以詞描寫邊塞爭戰中較早而尤勝者，深刻地反映了邊地戍卒的思想情緒，真實地揭示了中唐時代民間百姓以戍邊為苦的社會心理。

開端以「邊草」點明邊塞的地理環境，並以「草」襯「兵」，以「盡」喻「老」，不僅用筆新穎，而且藉以反映長期戍邊生活的愁怨，暗寓作者對當時戍卒的同情。

後兩句運用迴環的句式，讓征人的眼光在「山南山北」的雪原上往復探尋，讓征人的思想隨著遍照的月光，流駛到「千里萬里」以外的故鄉明月，從而進一步抒寫了征人的思歸之苦。樂景哀情，相反相成。由此一種鬱結、壓抑而又無法排遣的思鄉之情，充溢於字裡行間。在詞的結尾用「愁絕」二字加以概括，起到了畫龍點睛、卒章見志、揭示主題的作用。

〈調笑令〉儘管屬於單調小令，字數很少，但借助於迴環、復沓的句式，從而使得全詞精警含蓄、音調宛轉，讀來確有一種行雲流水般音韻美的感覺。這裡代表不同的仄聲韻部，平仄出入也較大。

如夢令　春景

〔宋〕秦觀

鶯嘴啄花紅溜，燕尾點波綠皺。指冷玉笙寒[97]，吹徹小梅春透[98]。
○仄●平平▲　●仄●平●△　●仄仄平平　○仄仄平平△

依舊，依舊，人與綠楊俱瘦。
平△　平△　○仄仄平平△

94 邊草：指邊塞之草。
95 山北山南：唐人邊塞之作提到「山北山南」，大多指祁連山。
96 胡笳：古樂器名。漢唐時流行於塞外和西域一帶，聲調激越淒清。
97 玉笙：玉笙是對笙的美稱，笙吹久了，簧片會變得濕潤，因此說「寒」，需要用微火烘乾才能合律。
98 吹徹：徹，是大曲的最後一段；吹徹意為吹到最後一曲。小梅：樂曲名。唐《大角曲》裡面有〈大梅花〉、〈小梅花〉等曲。

【賞析】

該詞作者一說為黃庭堅，元至正本《草堂詩餘》作無名氏詞。這首詞主要寫一個吹笙人在春日中的寂寂心情。前兩句描寫美麗的春日風光：黃鶯用嘴啄弄花瓣，使得花瓣靜靜滑落；輕靈的燕子用剪刀一般的尾翼輕點水面，使湖面泛起層層綠波。這是輕柔美麗的春日風光。作者深諳用樂景寫哀情之妙，這位吹笙人孤獨地將〈小梅花〉曲從頭到尾吹遍，直至笙的簧片都已經濕潤，可是依然沒有人來聽。在這大好的春光之中，吹笙人還如從前一樣寂寞哀愁。吹笙人究竟為何而愁，詞中沒有提到，讀者有廣闊的想像空間。只有這位寂寞的吹笙人因為哀愁而形容憔悴，腰肢瘦損，變得像那湖邊的瘦柳一樣了。

【作法】

〈如夢令〉原名〈憶仙姿〉，五代時後唐莊宗創作。後蘇軾改為〈如夢令〉，蓋後唐莊宗詞內有「如夢，如夢」疊句之故，又名〈宴桃源〉、〈比梅〉。三十三字，五仄韻，一疊句疊韻。全詞由六言句及疊句組成。其六言句雖然第一、三、五字可平可仄，但總以「平仄仄平平仄」格式為宜，尤其是最後一句。像此詞第二句只有一個平聲字，這情況在唐五代、宋詞中是少見的，不宜仿效。

長相思 別情

〔唐〕白居易

汴水[99]流，泗水[100]流，流到瓜洲[101]古渡頭。吳山[102]點點愁。

●●◎ ●●◎ ○仄平平●仄◎ ○平●仄◎

思悠悠，恨悠悠，恨到歸時方始休。月明人倚樓。

●○◎ ●○◎ ●仄平平○仄◎ ●平○仄◎

【賞析】

此詞是抒發「閨怨」的千古名篇，構思新穎奇巧。它寫一位女子在月夜獨倚高樓，想念著遠在江南的愛人，思極轉恨的離情別緒。

上闋全是寫景，暗寓戀情。表面是汴水、泗水不斷流淌，直至瓜洲古渡，又及她冥想中那江南一峰連一峰的綿延群山，其實貫注了思婦眼中愛人愈去愈遠，終於杳無音信的整個過

99 汴水：即汴河，隋煬帝時開鑿，今已湮廢。

100 泗水：源出山東，至徐州與汴水匯合。

101 瓜洲：運河與長江交匯處的古渡口，在今江蘇揚州邗江南。

102 吳山：泛指吳地一帶群山。

程，而水的不斷流淌也帶走了她的思念。因為她的夫君在遙遠的江南一帶，所以那點點吳山彷彿堆砌著愁容。上闋點睛之筆乃一「愁」字，使詞意陡然發生了巨大變化，從而點醒全詞。

下闋直抒胸臆，表達少婦對丈夫長期不歸的怨恨。「悠悠」二字，指綿延無窮，意接流水，寫女主人公思隨流水。「思」極而「恨」，思無窮，恨也無窮。由此可知，其思念之深、等待之久。不過，此詞寫生離，恨是「怨恨」而不是「仇恨」，故歸即無恨，所以「恨到歸時方始休」。此句合情合理，恨中有愛，樸實自然，不假藻飾，卻深刻有味，情真意切。末句「月明人倚樓」，哪一天才能月團圓，人團圓，人月雙圓，倚樓共對呢？這個匠心獨運的結句是畫景也是情語，極富意境，令人悵然長嘆，低迴久之，起到了深化人物形象和突出作品主題的作用。

【作法】

〈長相思〉，又名〈雙紅豆〉、〈憶多嬌〉、〈吳山青〉、〈相思令〉、〈山漸青〉等。雙調三十六字，上下片各三平韻，一疊韻。此調平仄格律雖然多處可平可仄，但上下片的第一、二句（三字句）均宜用「仄平平」的格式，不允許出現三平（本篇「思」字作仄讀〔寘韻〕）。上下片的最後一句（五字句）均宜用「仄平平仄平」的格式。

相見歡　秋閨

〔南唐〕李煜

無言獨上西樓，月如鉤。寂寞梧桐深院鎖清秋[103]。
○平●仄平◎　仄平◎　●仄○平平仄仄平◎
剪不斷，理還亂，是離愁。別是一般滋味在心頭。
●●△　●平△　仄平◎　●仄●平平仄仄平◎

【賞析】

李煜亡國後，囚居在汴京的一座深院小樓。這首詞正是抒發了他深切的故國之思、亡國之恨，沉摯渾厚，感人肺腑。

上闋寫悲秋。起句意蘊極為豐富。「無言」二字繪出了詞人無人共語、孤寂無歡的慘淡愁容，更傳出了其內心痛苦無人與說，也不願與人說，說也無用的濃重愁情。再接以「獨上」，則詞人形影相弔之狀可以想見，所謂「六字之中，已攝盡淒婉之神」（俞平伯《讀詞偶得》）。二三兩句狀景，由於身處西樓，則一為仰視，一為俯視。月是殘月，象徵著人事

---

103 梧桐句：入秋梧桐落葉最早，諺云：「梧桐一葉落，天下盡知秋。」清秋：淒清的秋色。

的缺憾；院則是寂寞清秋，似乎所有的蕭瑟秋意都集中濃縮而「鎖」在詞人所處的深院之中。這些當然是詞人的心境使然，帶有濃重的主觀感情色彩。一個「鎖」字，在生動狀景的同時，又暗點詞人處境，可謂高度凝練，境界全出。

下闋直抒離愁。「剪不斷」三句巧用比喻將原本無可名狀的愁情寫得具體可感，以有形喻無形，堪稱千古妙筆。結句虛寫，用的卻是大實話。歷來詩詞寫離愁別恨不乏佳句。或寫愁之深，如李白〈遠別離〉：「海水直下萬里深，誰人不言此離苦。」或寫愁之長，如李白〈秋浦歌〉：「白髮三千丈，緣愁似個長。」或寫愁之重，如李清照〈武陵春〉：「只恐雙溪舴艋舟，載不動許多愁。」或寫愁之多，如秦觀〈千秋歲〉：「春去也，飛紅萬點愁如海。」或寫愁之色，如李白〈菩薩蠻〉：「平林漠漠煙如織，寒山一帶傷心碧」。這首詞則寫出了愁之味：「別是一般滋味在心頭。」獨特而真切，可謂味在鹹酸之外，但植根於人心之中，是心之深處才可感受的滋味。劉永濟更認為「蓋亡國君之滋味，實盡人世悲苦之滋味無可與比者，故曰『別是一般』」。

全詞章法和句法都很簡單，無意雕飾，純以白描見長，善於用平常、樸素又富於表現力的語言，表現出深刻而真摯的思想感情。

【作法】

〈相見歡〉，又名〈烏夜啼〉、〈上西樓〉、〈秋夜月〉、〈憶真妃〉等。雙調三十六字，上片三平韻，下片二仄韻，二平韻。全詞五平韻用同一韻部。下片首兩句三字句均以「仄平仄」為宜。上下片兩結為九字句。《詞律》將它分作六字、三字兩句；有人主張宜於第二字處略逗，也有人主張在第四字處作逗。似不必強作規定。

生查子　元夕

〔宋〕歐陽修

去年元夜[104]時，花市[105]燈如晝。月上柳梢頭，人約黃昏後。

●平○仄平　○仄平平△　●仄仄平平　○仄平平△

今年元夜時，月與燈依舊。不見去年人，淚濕春衫袖。

○平○仄平　●仄平平△　●仄仄平平　●仄平平△

---

104 元夜：農曆正月十五日夜，即元宵夜。自唐代開始於元夜張燈，民間有觀燈的風俗，故又叫「燈節」。

105 花市：賣花、賞花的集市。

【賞析】

此詞一題為朱淑真所作。南宋初曾慥所編《樂府雅詞》將此詞列為歐陽修詞。這首小詞敘寫了主人公在元夜觀燈時引起的回憶和感想。透過今與昔、鬧與靜、悲與歡的多層次的強烈對比，一層深似一層地表現出主人公感傷的情懷。

上闋寫主人公甜蜜的回憶。起兩句交代了與情人約會的時間和地點。「月上柳梢頭，人約黃昏後」兩句旖旎溫馨，進一步交代了約會的具體時刻。圓月與柳絲相映創造的幽境，為約會增添了綿綿情意，言有盡而意無窮。「人約黃昏後」的甜情蜜意也溢於言表，令人浮想聯翩。下闋寫主人公淒涼的現實。前兩句由「依舊」二字點明今年鬧市佳節良宵的一切景物都與去年相同，景物依舊，而去年的情人已不在身旁，空餘隻身孤影。撫今思昔，觸景傷懷，此情此景，怎不教人感傷惆悵而「淚濕春衫袖」了。

全詞構思巧妙。上、下闋文義並列，調式相同，基本重疊，頗類歌曲迴旋詠嘆之致，有增強表情達意之功。同時，這首〈生查子〉吸收了民歌明快、淺切、自然的風格，語言明白如話，內容情事幾乎一目瞭然，情調卻又清麗深婉，雋永含蓄，耐人尋味。

【作法】

〈生查子〉，本名〈生楂子〉。雙調，四十字。上下片各兩仄韻。詞多抒寫抑鬱之情。此調上下片首句歐詞作「●平平仄平」，而較多作者則作「●仄●平平」。

點絳唇 閨情

〔元〕曾允元

一夜東風，枕邊吹散愁多少。數聲啼鳥，夢轉紗窗曉。

●仄平平　●平○仄平平△　仄平平△　●平平平△

來是春初，去是春將老。長亭[106]道，一般芳草，只有歸時好。

○仄平平　●仄平平△　平○△　仄平平△　●仄平平△

【賞析】

以閨情為題，細緻描摹了少女的情感世界。一夜東風將春天帶來，也在少女的身側吹散開懷春的哀愁與惆悵。伴隨著幾聲春鳥的啼叫，紗窗之外已經天亮了。古人常以禽鳥襯托愛

106 長亭：古人在驛路邊設亭供旅人休息，十里一長亭，五里一短亭。後來「長亭」成為了送別地的代名詞。

情，以夢抒寫幽情，此處的「啼鳥」和「夢轉」也是這個意思。懷春的哀愁與惆悵伴隨著這位少女，從初春時節一直到春光消盡。長亭是分別之地，這裡的「長亭」應指懷春少女與自己所愛的人的分別地。最後的「只有歸時好」，直率真摯，與上片的情緒照應。這首詞雖然短小，但是用語清新婉麗，構思新奇巧妙，也是一首廣為流傳的詞作。「一夜東風，枕邊吹散愁多少」，閨情之愁顯得形象而動感。下闋數句將閨情愁緒擬人化，其構思與手法之高妙，直追兩宋，令人嘆服。

【作法】

〈點絳唇〉，又名〈南浦月〉、〈沙頭雨〉、〈點櫻桃〉。雙調四十一字，共七仄韻。上片第八字，有暗增一韻者。第二句（七字句）的第一字，第三句（四字句）的第一字一般多用去聲。

菩薩蠻　閨情

〔唐〕李白

平林漠漠煙如織[107]，寒山一帶[108]傷心碧。瞑色[109]入高樓，有人樓上愁。

○平●仄平平△　○平●仄平平△　●仄平平①　●平平仄①

玉階[110]空佇立，宿鳥歸飛急。何處是歸程，長亭連短亭。

●平 平仄△ ●仄平平△ ○仄仄平② ○平平仄②

【賞析】

這是一首望遠懷鄉之作。上闋前兩句是樓頭遠望所見，平林籠煙，寒山凝碧，妙用詞的色彩，傳達出一種寂寞惆悵的情緒，起到籠罩全篇的作用。後兩句為全篇中峰。一個「入」字巧妙地使整個畫面波動起來，景物由遠及近，主人公內心感受在不斷深化。至「愁」字，由物到人的過渡便完成了，同時承上啟下，自然過渡到下闋。

下闋起句中的「玉階」，代言驛樓。樓上縱目，觸景生情。「宿鳥歸飛急」一句插得很精妙。鳥歸人不歸，一方面反襯出人的落魄無依；另一方面，惹起無限愁思。因而自然道出了「何處是歸程？」。然而「長亭更短亭」，沒有一個實在的答案，並藉此將愁思遠展開去。

這首詞上闋著重客觀景物的渲染，下闋偏於主觀心理的描繪。然而景物的渲染中帶有濃

---

107 平林：樹林遠望如平。漠漠：迷濛貌。

108 一帶：秋山遠望似帶。

109 暝色：暮色。

110 玉階：階石的美稱。

厚的主觀色彩，主觀心理的描繪又糅合在客觀景物之中。短短一首詞中，展示了豐富而複雜的內心活動，反映了詞人在旅途中找不到人生歸宿的惆悵愁緒。

【作法】

〈菩薩蠻〉，又名〈重疊金〉、〈子夜歌〉、〈巫山一片雲〉等。蘇鶚《杜陽雜編》：「大中初，女蠻國入貢。危髻金冠，瓔珞被體，號菩薩蠻隊。當時倡優遂製《菩薩蠻》曲，文士亦往往聲其詞。」則該曲原係異域傳入。後成為唐五代文人使用最多的詞牌。雙調，四十四字，每兩句一轉韻，共四仄韻，四平韻。溫庭筠作〈菩薩蠻〉今存十五首，其中十四首的首句為「仄平平仄平平仄」，第四句為「仄平平仄平」，而且此二句的首字大多用去聲。

卜算子　別意

〔宋〕王觀

水是眼波橫，山是眉峰聚。欲問行人去那邊，眉眼盈盈處。
●仄仄平平　○仄平平△　●仄平平仄仄平　○仄平平△

才是送春歸，又送君歸去。若到江南趕上春，千萬和春住。
○仄仄平平　●平平△　●平平仄仄平　○仄平平△

【賞析】

這是一首很有特點的送別之詞。王觀的詞集《冠柳集》中在此詞題下有「送鮑浩然之浙東」語。鮑浩然是詩人的朋友，生平不詳。浙東，今天的浙江東南地區，宋代時屬浙江東路。南朝人吳均在〈與宋元思書〉中描述這一帶：「自富陽至桐廬，一百許里，奇山異水，天下獨絕。水皆縹碧，千丈見底……夾岸高山，皆生寒樹，負勢竟上，互相軒邈。」可見這一帶的風景是非常秀麗的。

首兩句寫友人歸途的山水。我國古代形容美人的時候，常常稱其為「眼似秋水，眉若春山」；作者則用反喻，說水如美人眼波流轉、山似美人眉黛聚簇，讓人感到非常新鮮。接下來寫所送之人欲歸哪邊，卻是眉眼盈盈之處，更是讓人覺得美麗而鮮活。下片前兩句點明送別的季節，最後不無風趣地囑咐友人到了江南以後，一定要把那裡的春色盡情欣賞。有一說法是詞中所送的友人回浙東看望他美麗的小妾，這當然是可能的。由上片的「眉眼盈盈處」似乎也可推測得知。這樣一來，整首詞的美人眉眼和山水春色都成了相互交映的雙關之語。美人與美景奇幻的組合，還有友人送別時的風趣調侃，使得這首小詞平添出許多藝術魅力。

【作法】

〈卜算子〉，又名〈百尺樓〉、〈眉峰碧〉、〈缺月掛疏桐〉等，都是據名家用此調所作詞的字句改名。北宋時盛行此曲，萬樹《詞律》認為取義於「賣卜算命之人也」。雙調小令。四十四字，四仄韻。有四十六字者，於上下片結句各加一字，變五字句為六字句，於第三字處作逗。如杜安世所作，上片結句為「又別是、愁情味」，下片結句為「細認取、斑點淚」。

減字木蘭花　春情

〔宋〕王安國

畫橋流水，雨濕落紅飛不起。月破黃昏，簾裡餘香馬上聞。

●平○△1　●仄●平平仄△1　●仄平①　○仄平平●仄①

徘徊不語，今夜夢魂何處去。不似垂楊，猶解飛花入洞房[111]。

○平●△2　○仄●平平仄②　●仄平②　○仄平平●仄②

【賞析】

這首詞寫的是詞人偶遇一位女子之後的春情思念，是單戀者的囈語。

對於春天的熱愛和愛情的敏感，幾乎是所有詩人的共同氣質。花落花開，聚散離合，總能引起他們內心的一番波瀾。上片以景帶情，寫偶遇的場景：畫一般的小橋流水；因為雨水沾濕了花瓣，使得東風也無力吹起。月上柳梢頭，詞人騎著馬踏著黃昏歸來，偶遇一輛油壁香車。車的簾子裡發出陣陣清香，這是車內美人的脂粉之香，也是青春少女的溫柔體香。下片直抒胸臆，情中含景。詞人為之迷醉銷魂，浮想聯翩。「今夜夢魂何處去」，是因為詞人的心魂已經被那位女子帶走了，可是詞人卻不知道她去了哪裡。或者說，詞人為這位女子傾倒銷魂，可是這位女子很快就消失了，留給詞人的只是惆悵思念和無所適從。詞人在這種惆悵中信馬徘徊，默默無語，只是怨恨自己不能像楊花一樣，因為楊花還可以隨風飛到那位女子的閨房中與她相見。整首詞淒美迷離，結尾處的兩句痴語情語，更是想像新奇。

【作法】

〈減字木蘭花〉，又名〈減蘭〉、〈天下樂令〉、〈木蘭香〉等。較〈木蘭花〉減少十二字（上下片的第一、第三句各減少三字）。雙調，四十四字。每兩句一轉韻，共四仄韻，四平韻。〈木蘭花〉為常用詞牌，今附錄宋祁詞一首於下：

111 洞房：幽深的房間。

東城漸覺風光好，縠皺波紋迎客棹[112]。綠楊煙外曉寒輕，
○平●仄平平△　●仄○平平仄△　●平○仄仄平平

紅杏枝頭春意鬧。浮生長恨歡娛少，肯愛千金輕一笑[113]。
○仄○平平仄△　○平○仄平平△　●仄○平平仄△

為君持酒勸斜陽，且向花間留晚照。
●平○仄仄平平　●仄○平平仄△

【賞析】

本詞透過對春光的生動傳神的描寫，表達了熱愛生活、珍惜春天的情感。

上闋為我們描繪了一幅生機勃勃、色彩鮮明的早春圖畫。首句寫春遊時的總體感受：「風光好」。「漸」字寫出了春天的腳步輕輕到來的感覺。「縠皺波紋」以下三句具體描述了「風光好」的景色之美：春水盈盈，碧波蕩漾；楊柳依依，輕煙迷離；鮮紅的杏花在枝頭綻放，透出勃勃生機、濃濃春意。「紅杏枝頭春意鬧」是千古傳誦的名句，作者因為寫了這首詞，被當時人稱為「紅杏枝頭春意鬧尚書」。黃蓼園在《蓼園詞選》中認為：「春意鬧三字，尤奇闢。」王國維在《人間詞話》中說：「『紅杏枝頭春意鬧』，著一『鬧』字，而境界全出。」

下闋感嘆春光有限、人生苦短。「浮生」兩句以一個反詰句表達珍惜歡樂時光和美人一

笑的惜春之情。末尾「為君持酒」兩句奇妙地將此情以奉勸斜陽「且向花間留晚照」，含蓄精警，意味深長。

憶秦娥 秋思

〔唐〕李白

簫聲咽[114]，秦娥[115]夢斷秦樓月。秦樓月，年年柳色，灞陵[116]傷別。

○○△ ○平●仄平平△ 平平△ ○平●△ 仄平平△

樂遊原[117]上清秋節，咸陽古道[118]音塵絕。音塵絕，西風殘照[119]，漢家陵闕[120]。

●平○仄平平△ ○平●仄平平△ 平平△ ○平○△ 仄平平△

---

112 縠皺波紋：形容波紋細如皺紋。縠皺：有皺褶的紗。棹：船槳，此代指船。這是古詩文常見的用法。

113 肯愛：豈肯吝惜，即不吝惜。一笑：特指美人之笑。崔駰〈七依〉詩有「回顧百萬，一笑千金」句，此化用其意。

114 咽：咽泣。

115 娥：女子美稱，秦娥即秦川女子。

116 灞陵：漢文帝劉恆陵墓，在長安（今陝西西安）東，為唐人送別處。

117 樂遊原：在長安南郊，登臨勝地。

118 咸陽古道：由長安經古都咸陽（長安附近）通向西北之道。

119 殘照：落日餘暉。

120 陵闕：猶言陵墓，闕為墓道前兩側的石牌坊。

【賞析】

這是一首閨怨詞，給人的感覺卻氣象蕭森，聲情悲壯。上闋寫離情。嗚咽的簫聲把秦娥從夢中驚醒，一鈎殘月斜映在窗前，冰冷的殘月令她黯然銷魂、顧影自憐。年年柳色青青，卻不見伊人歸來。「咽」字，傳盡了簫的神韻；「斷」字，演繹了忽然驚覺的意態。

下闋詠秋望。過渡到歷史的憂愁，出現了較大的跌宕。作者撇開先前的主人公，直接把自身融入畫面中，以表達個人強烈的苦思與追求。古道悠悠，音塵杳然，繁華、奢靡……全都灰飛煙滅，只剩下蕭瑟的西風、如血的殘陽相伴著古代的陵墓。作者托秦娥寫懷，把直觀的感情與景色渾融在一起，進入了歷史的反思。「西風殘照，漢家陵闕」造成了一種悲壯沉痛的歷史消亡感，填塞在讀者的心頭。

這篇千古絕唱，句句自然，字字錘煉，沉聲切響，擲地有聲，而抑揚頓挫，法度森然，無一字荒率空浮，無一處逞才使氣。詞境於清麗哀婉中，自見雄渾壯闊。

【作法】

〈憶秦娥〉，又名〈碧雲深〉、〈雙荷葉〉、〈玉交枝〉、〈秦樓月〉等。雙調小令，四十六字，六仄韻，二疊韻，多用入聲韻。疊韻句都疊上句的結尾三字。後人填此調，平仄多依李詞，有些作者填此調平仄有出入者，又脫得離譜。今所注可平可仄處，均依龍榆生《唐宋詞格律》，取執中之義。上下片結句第一字，古代作手多用去聲。此調變格甚多，也常有押平聲韻的。

更漏子[121] 本意

〔唐〕溫庭筠

柳絲長，春雨細，花外漏聲迢遞[122]。驚塞雁，起城烏，畫屏金鷓鴣[123]。

仄平平　平仄△1　○仄●平○△1　○仄仄　仄平①　●平○仄①

香霧薄，透簾幕[124]，惆悵謝家[125]池閣。紅燭背，繡簾垂，夢君君不知。

平●△2　●平△2　○仄●平○△2　○●仄　仄平②　●平○仄②

---

121 更漏子：此調即所謂「夜曲」。古代用銅壺漏來計算時刻，把一夜分成五更，故名「更漏」。「子」就是「曲子」的簡稱。

122 漏聲：古計時器的滴水聲。迢遞：悠遠貌。

123 鷓鴣：鳥名，春季常在山間田野鳴叫。

124 幕：即帷。

125 謝家：即謝娘家，借指女子居處，魏晉六朝時即有此稱。

【賞析】

本篇所寫的是思婦長夜相思與惆悵。

上闋圍繞「漏聲」展開，營造了一種輕柔深婉而又帶迷惘情調的氛圍。起首三句看似平列寫景，實是以柳絲之長、春雨之細烘托漏聲。「春雨細」是說夜深人靜的時候，遠處傳來的漏聲好像春雨那樣輕微。「柳絲長」的視覺形象即因「春雨細」的聽覺形象觸類而生。靜夜聞更漏，往往感到其聲悠緲，彷彿傳自花外某一遙遠的地方，故有「花外漏聲迢遞」的感覺。至此，情與景相互滲透，水乳交融，渾然天成。接下來，「驚」與「起」對句互文，極言漏聲之細長悽惻，連無知的棲鳥也為之驚起。這兩句雖為擬想之景，卻合理入情。歇拍結以「畫屏金鷓鴣」，含蘊豐富：其一，雙雙對對的金鷓鴣令主人公觸景生情，自傷孤寂；其二，主人公靜夜懷人，耳聞更漏、雁鳴、烏啼，出於殷切相思憶戀，而頓覺畫屏上的金鷓鴣栩栩如生，亦驚亦鳴；其三，上闋側重寫室外之景，至此句已轉向室內，為下闋描寫室內之景過渡。由此，可見作者匠心。

下闋承上，轉寫主人公的居處環境。首二句寫香爐裡散發的煙霧已漸稀薄，點明夜已深沉。接下來借「惆悵謝家池閣」一句勾連暗渡。思婦因相思寂寥而感到「惆悵」。「惆悵」二字雖略作渲染，卻是點睛之筆。結尾三句續寫女主人公無奈之中，背對紅燭，垂下繡簾，欲尋美夢來消此「惆悵」，排遣相思之苦。然而自己的一片痴心、悠遠迷夢，恐怕對方還不知道呢。至此收結全詞，蘊藉深厚，柔情深婉。

【作法】

〈更漏子〉，又名〈付金釵〉、〈獨倚樓〉等。始於溫庭筠，多詠夜間相思。雙調，四十六字。上片兩仄韻轉兩平韻，下片三仄韻轉兩平韻。上下片仄韻、平韻屬不同韻部。下片首句也可不用韻。詞中六字句的倒數第二字，唐宋詞作品絕大多數為平聲字。

清平樂　晚春

〔宋〕黃庭堅

春歸何處，寂寞無行路。若有人知春去處，喚取歸來同住。

○平○△　●仄平平△　●仄○平平仄△　●仄○平○△

春無蹤跡誰知，除非問取黃鸝[126]。百囀無人能解，因風吹過薔薇。

○平○仄平◎　○平○仄平◎　●仄○平○仄　○平○仄平◎

126 黃鸝：黃鶯，常於春夏間啼鳴。

【賞析】

這是一首以送春惜春為題旨的詞作。上片發問：春歸何處？問而無人能答，於是作者只好自問自答。三四句接著說道，如果有誰知道春天去了哪裡，那就再把它尋回來吧。這是痴語，表達了對美好春天的執著追求。下片是聊作解答，其實也是等於不答。春天毫無蹤跡。要想知道春歸何處，大概只有去問黃鸝了。當然這個回答並不能使人滿意，因為黃鸝縱然百囀千啼，可是卻沒有人能聽懂黃鸝的話。黃鸝只得乘著風，飛過薔薇，獨自去追尋春天了。整首詞節奏歡快，語調輕鬆，其構思的新穎、想像的奇特更是令人激賞不已。

【作法】

〈清平樂〉，又名〈清平樂令〉、〈憶蘿月〉、〈醉東風〉。雙調，四十六字。上片四仄韻，下片三平韻。

阮郎歸　**春景**　〔宋〕歐陽修

南園春半踏青時[127]，風和聞馬嘶。青梅如豆柳如眉，日長蝴蝶飛。

○平平仄仄平◎　○平○仄◎　○平○仄仄平◎　●平○仄◎

花露重，草煙低，人家簾幕垂。鞦韆慵困解羅衣，畫堂雙燕棲。
平仄仄　仄平◎　○平○仄◎　○平○仄仄平◎　●平○仄◎

【賞析】

這首詞的作者一說為南唐馮延巳，又說是北宋晏殊。這是一首描寫踏青風景的詞。上片以人起景結。首句點明地點、時間，正是春光絢爛的三月，和煦的風緩緩吹來，遠遠傳來馬的嘶鳴聲。「青梅」兩句比喻新穎貼切，更是寫出了暮春的特有景觀。下片則以景起，句意連綿如捲簾。花露閃耀著光輝，如煙的芳草在低處微微起伏。許多人家簾幕低垂，表示大家都已經踏青去了。一位少女在盪鞦韆，因為慵困而將外衣脫去。這個時候，畫堂之上的燕子卻在嘰喳著歸巢。整首詞就像一幅明麗的風景畫，使讀者身臨其境，與作者一起欣賞著春日的風光。

【作法】

〈阮郎歸〉，又名〈醉桃源〉、〈碧桃春〉、〈宴桃源〉。劉義慶《幽明錄》載，劉晨、阮肇入天台山採藥，進桃源洞，遇二仙女，留住半年。後歸家，已經歷七世。詞牌得名由此。

---

127 南園：晉代張協〈雜詩〉之八有詩句：「借問此何時，南園蝴蝶飛。」此處南園，是泛指園林。踏青：春日郊遊。

雙調，四十七字，上下片各四平韻。下片第一、第二句多為三字對句。又上下片的結句最後三字，大多為「平仄平」格式。

攤破浣溪沙　秋恨

〔南唐〕李璟

菡萏[128]香銷翠葉殘，西風愁起綠波間。還與韶光共憔悴[129]，不堪看。

●仄平平仄仄◎　○平平仄仄平◎　○仄○平仄平仄　仄平◎

細雨夢回雞塞遠[130]，小樓吹徹玉笙寒[131]。多少淚珠何限恨，倚闌干。

●仄●平平仄仄　●平○仄仄平◎　○仄●平平仄仄　仄平◎

【賞析】

此詞詠秋悲，感受精微，敘寫柔美，其中還有千古佳句，實不愧為南唐詞中的名篇佳作。

上闋感秋，以秋塘殘荷起興。荷花稱「菡萏」，荷葉稱「翠葉」，使人生珍美之聯想。而於其後綴以「香銷」、綴以「殘」，則作者對如此珍貴芬芳之生命的消逝凋殘的哀感，便盡在不言中了。次句點出「愁」字，物與人才驀然結合於此「愁」字中。接下來，承前兩句景物之敘寫，歸結為一切美好景物和生命「共憔悴」，於是，「不堪看」三字才具有含蘊深厚之美好和無限深重之悲慨。

下闋懷遠，深刻細膩地描寫了思婦的感受。「細雨」二句表情達意極悲苦，文字與形象卻極優美，實是一種意境的渲染。至「多少淚珠何限恨」句，則將前兩句所渲染的悲悽之情一瀉而出。而後卻戛然而止，只以「倚欄干」三字景語作結，與上闋開端之景語遙相呼應，涵義深沉，韻味悠遠。

全詞迴環往復之敘寫，景語情語之互現，遠筆近筆之映襯，其間無絲毫造作之態，只如行雲流水般自然風發，懷思無限。

【作法】

此調本名應作〈山花子〉，雙調小令，四十八字，上片三平韻，下片兩平韻；五代時即已出現。宋人認為它是〈浣溪沙〉的變體，所以改名為〈攤破浣溪沙〉。從嚴格意義上說，這不是「攤破」，而是添聲或添字。「攤破」的意思是「將某一個曲調，攤破一二句，增字

128 菡萏：即荷花。
129 韶光：美好的時光。憔悴：萎靡不振貌。
130 夢回：夢醒。雞塞：即雞鹿塞，漢時邊塞名，故址在今內蒙古。這裡泛指邊塞。
131 吹徹：吹到最後一曲。徹，大曲中的最後一遍。玉笙：笙的美稱。

衍聲，另外變成一個新的曲調，但仍用原調名」（見施蟄存《詞學名詞釋義》）。例如將〈浣溪沙〉上下片的第三句（七字句）改成四字、五字各一句，成四五句式，而這首詞是上下片分別增加了一個三字句。〈浣溪沙〉，歷代詞人使用極多，茲舉晏殊詞一首並附格律如下：

一曲新詞酒一杯，去年天氣舊亭台。夕陽西下幾時回。
●仄○平●仄◎　●平○仄仄平◎　◎平○仄仄平◎

無可奈何花落去，似曾相識燕歸來，小園香徑獨徘徊[132]。
○仄●平平仄仄　●平○仄仄平◎　●平○仄仄平◎

【賞析】

此詞含蓄蘊藉地表達了對時光流逝的悵惘和對春色衰敗的惋嘆。

上闋首句「一曲新詞酒一杯」乃「富貴宰相」晏殊生活的真實寫照。「去年天氣舊亭台」，物是人非之感躍然紙上。而時光易逝不易留，自然引出「夕陽西下幾時回」，直如曹操「對酒當歌，人生幾何」的感慨；同時，作者惜時中暗寓懷人之情。下闋沿著上闋的情緒延伸，融情入景，在對春色飄零和時光流逝的傷感中，抒發孤獨寂寞之情。「花落去」乃暮春常景，既是寫實，更是對青春、愛情、友誼等動人事物的象徵。「燕歸來」既謂時光過去一載，也意味深長地表達了舊燕歸來、故人不在的惆悵。「無可奈何」與「似曾相識」則有相似的表達效果。結句意蘊豐富，餘味幽長，「獨徘徊」的「獨」字準確而傳神地總結了全詞的情調。

「無可奈何花落去，似曾相識燕歸來」一聯精工典雅，渾然天成，不露斧鑿之痕。正如清人劉熙載《藝概》云：「詞中句與字有似觸著者，所謂極煉如不煉也。晏元獻『無可奈何花落去』二句，觸著之句也。」

〈浣溪沙〉下片第一、第二句，多用對仗。

西江月　佳人

〔宋〕司馬光

寶髻[133]鬆鬆挽就，鉛華[134]淡淡妝成。紅煙翠霧罩輕盈，飛絮游絲[135]無定。

●仄○平●仄　○平●仄平◎　○平●仄仄平◎　○仄○平○△

---

132 香徑：鋪滿落花的小路。以上三句，作者曾寫入一首題作〈示張寺丞王校勘〉的七言律詩中，只將「香」字改作「幽」字。

133 寶髻：古代婦女梳的一種髮型。

134 鉛華：用來搽臉的粉。

135 游絲：春天空中飄動著的蟲絲。

相見爭如不見[136]，有情何似無情[137]。笙歌散後酒微醒，深院月明人靜。

○仄○平●仄　●平○仄平◎　○平●仄仄平◎　○仄●平○△

【賞析】

這是一首描寫美人的香豔之詞，可能是司馬光在酒宴上逢場作戲的贈妓之作。這在宋代文人士大夫之間是很常見的事情，我們不必少見多怪。

上片描寫這位歌舞妓的形態。她薄施粉黛，鬆鬆地綰就一個雲髻，顯示出少女的天然麗質。她的身材窈窕，舞姿輕盈，像一片雲、一團霧一樣在作者的眼前翩翩起舞，有時也像飛絮游絲一般飄忽不定，令人心醉神迷。下片轉入對個人感情的抒發。見到這樣一位美麗女子本來是一件幸事，可是作者卻說「爭如不見」。這是因為，一見到她，自己就銷魂，就沉醉，生出無限的愛戀之情，可是歡樂是短暫的，只會給自己帶來長久的悲傷。酒闌人散，這位美人也離開了，只剩下自己酒已微微醒來，在安靜的深院中望月惆悵。

這首詞的結構層次分明，描寫自然，抒情深婉，寫出了美好與歡樂的短暫和因此而產生的個人情感悲傷，語帶調侃，具有很強的感染力。

【作法】

〈西江月〉，又名〈白蘋香〉、〈步虛詞〉、〈江月令〉、〈壺天曉〉等。雙調，五十字。上下片各兩平韻，結句各叶一仄韻，平、仄韻屬同一韻系。上下片的第一、二兩句多為對偶句。上下片結句第五字雖然可平可仄，但多數作者用平聲字。

南歌子　閨情

〔宋〕歐陽修

鳳髻金泥帶[138]，龍紋玉掌梳[139]。去來窗下笑相扶，愛道畫眉深淺入時無[140]？

●仄平平仄　平平仄仄◎　●平○仄仄平◎　●仄●平○仄仄平◎

弄筆偎人久，描花試手初。等閒[141]妨了繡工夫，笑問鴛鴦兩字怎生[142]書？

●仄平平仄　平平仄仄◎　●平●仄仄平◎　●仄○平●仄仄平◎

136 相見句：李白〈相逢行〉詩：「相見不相親，不如不相見。」

137 有情句：杜牧〈贈別〉詩：「多情卻似總無情，唯覺尊前笑不成。」

138 鳳髻：髮髻梳成鳳凰的樣子。金泥帶：用屑金裝飾製成的束帶。

139 龍紋玉掌梳：用玉製成刻著龍形花紋的掌形梳子，插於髮髻。

140 畫眉深淺入時無：唐朱慶餘詩〈近試上張水部〉：「洞房昨夜停紅燭，待曉堂前拜舅姑。妝罷低聲問夫婿，畫眉深淺入時無？」入時無，「合時嗎」的意思。

141 等閒：白白地。

142 怎生：怎麼。

【賞析】

這是一首豔詞，寫的是一位女子在情人面前的嬌憨之態，亦可說是刻畫新嫁娘的嬌憨之態。上片描寫這位女子梳著鳳髻，用泥金絲帶綰著頭髮，髮髻上還插著龍紋玉掌梳。她走來走去，拉著情人的手，含情脈脈地問道：「我這打扮是不是符合時尚？」爛漫之態，旖旎風光，盡在其中。下片繼續展開。女子長久地依偎在情人的身邊，一會兒要寫字，一會兒又要描花，結果連刺繡的正事也給耽誤了。可是她卻並不在意，還笑語盈盈地問身邊的情人：「這『鴛鴦』兩字是怎麼寫的呀？」我們彷彿見到這對情偶纏綿甜美的樣子，情態傳神，曲盡其妙。

【作法】

〈南歌子〉，又名〈十愛詞〉、〈水晶簾〉、〈南柯子〉、〈望秦川〉、〈風蝶令〉等。任二北《唐聲詩》以為〈南歌子〉是唐人飲筵行令間所用之箸詞，配合短歌小舞。此詞牌有單調雙調和平韻仄韻各體。宋人多用雙調，五十二字，上下片各三平韻。上下片首兩句例用對仗；結句多為上二下七或上六下三句式。

醉花陰　重九

〔宋〕李清照

薄霧濃雲愁永晝[143]，瑞腦消金獸[144]。佳節又重陽，玉枕紗廚[145]、昨夜涼初透。

●仄○平平仄△　●仄平平△　○仄仄平平　●仄平平　●仄平平△

東籬[146]把菊黃昏後，有暗香盈袖。莫道不銷魂，簾卷西風、人比黃花[147]瘦。

○平●仄平平△　仄仄平平△　●仄仄平平　○仄平平　○仄平平△

【賞析】

這首詞寫於北宋末年，當時趙明誠離鄉在外任知州，清照獨守空閨，在重陽節思念明誠而寫下此詞。

143 永晝：漫長的白天。

144 瑞腦：即龍腦香，一種名貴的香。金獸：獸形的銅製香爐。

145 紗廚：紗帳。舊日臥床上都有淡綠色的紗製幔帳，稱為紗廚或碧紗廚。

146 東籬：陶淵明〈飲酒〉詩：「采菊東籬下，悠然見南山。」此處指菊圃。

147 黃花：金黃色的菊花。

上闋言離愁。一整天都是雲霧裊繞，真是懷人天氣，惹人煩愁；只能眼看著瑞腦香在香爐裡一點點燃燒盡燼。第一句的「永」字與次句的「消」字相應，曲折地寫出了詞人長時間地獨處的悠悠思念。接下來三句由白晝寫到夜間，「佳節又重陽，玉枕紗廚，半夜涼初透。」在「每逢佳節倍思親」的重陽夜，一個人枕著玉枕，睡在紗櫥裡，半夜就冷醒了。「半夜涼初透」，不僅說明九月的天氣轉涼，更表現作者內心的淒涼和孤寂。下闋從「東籬」兩句開始逐步深入，詞人來到菊園把酒賞花，雖然有暗香環繞，然而沒有丈夫陪在身邊，香更惱人，花更煩人，良辰美景更愁人。最後用「人比黃花瘦」這個比喻，不僅形象地展示詞人為情所傷日漸憔悴的神情，而且賦予全篇所描寫的景物以抒情效果。

此詞成功地刻畫了一個多愁善感的少婦形象，歷來被稱為宋詞中的名篇佳作。陳廷焯說：「無一字不秀雅。深情苦調，元人詞曲往往宗之。」（《白雨齋詞話》）。

【作法】

〈醉花陰〉，雙調，五十二字，上下片各三仄韻。下闋第二句句法要求上一下四或上二下三。

浪淘沙　懷舊

〔南唐〕李煜

簾外雨潺潺[148]，春意闌珊[149]，羅衾[150]不耐五更寒。夢裡不知身是客，一晌[151]貪歡。

○仄仄平◎　○仄平◎　○平●仄仄平◎　●仄●平平仄仄　●仄平◎

獨自莫憑欄，無限江山，別時容易見時難。流水落花春去也，天上人間[152]。

●仄仄平◎　○仄平◎　●平○仄仄平◎　○仄●平平仄仄　○仄平◎

【賞析】

此詞作於南唐亡國之後，發音悲切，感人至深，被認為是李煜的絕命之作。

上片用逆筆寫夢境。起首兩句寫夢醒狀景。五更夢回，簾外是淅淅瀝瀝的雨聲和即將消逝的暮春。第三句的「五更寒」既指自然界的氣候，也指詞人內心的淒傷。四五句寫夢醒的

---

148 潺潺：溪流、泉水的聲音，此處指雨聲。

149 闌珊：將盡，衰落。

150 羅衾：用綢做成的薄被子。

151 一晌：指很短時間，片刻。

152 天上人間：唐代張泌〈浣溪沙〉有詞句：「天上人間何處去，舊歡新夢覺來時。」

傷感。他剛才一定是夢到了昔日的生活，那真是「一晌貪歡」，愜意舒心。現在醒來，不由得將它與淒涼冷酷的現實處境對比，令人頓增傷感。下片用揣想寫現實。作者此時再也不能入睡，起身憑欄獨立，想到南唐無限的江山就這樣輕易地失去，再也回不來了。正是暮春時分，落花隨著流水而消逝了；自己的恣意韶華也飄逝如雲煙了，天上人間早已沒有蹤跡。「流水」、「落花」、「春去」三事都是一去不復返的，意蘊悠遠而喚起讀者人生體驗的共鳴，使人潸然淚下！

【作法】

〈浪淘沙〉，又名〈賣花聲〉、〈過龍門〉。原為七言絕句，至五代時始成雙調小令，五十四字，上下片各四平韻，多作激越淒壯之音。

鷓鴣天　別情

〔宋〕聶勝瓊

玉慘花愁出鳳城[153]，蓮花樓下柳青青。尊前一唱陽關曲[154]，別個人人第五程[155]。

●仄平平●仄◎　○平○仄仄平◎　○平●仄平平仄　●仄平平●仄◎

尋好夢，夢難成，有誰知我此時情。枕前淚共階前雨，隔個窗兒滴到明。

平仄仄　仄平◎　●平○仄仄平◎　●平●仄平平仄　●仄平平●仄◎

【賞析】

據明代梅鼎祚《青泥蓮花記》載，禮部屬官李之問因任職期滿來京城改官，遇見名妓聶勝瓊，非常喜愛，兩人遂歡好。不久李之問將要出京，聶勝瓊為之送別，餞飲於蓮花樓，唱了一首詞，末句云：「無計留春住，奈何無計隨君去。」李大為感動，遂又停留時日。後因家中催促，李只得回家，在半路上收到聶勝瓊寄來的這首〈鷓鴣天〉。回家後，詞被李妻發現，為真情所感，遂勸丈夫將聶勝瓊納為小妾。於是，有情人終成眷屬。

詞的上片寫送別。詞人面對楊柳青青，花容失色，玉顏慘淡，在蓮花樓上與情郎含愁泣別。依依不捨地唱一首悲傷的離歌，情郎就此踏上遙遠的歸程了。下片寫別後的思念。兩地相隔，不得相見，她只好去夢中將情郎尋覓，可是好夢難成，夜雨難眠，窗外春雨如淚，窗內人淚如雨，在這寂靜的夜裡滴滴答答直到天明。

---

153 鳳城：春秋時期，秦穆公女兒弄玉學吹簫，能模仿鳳鳴聲，有鳳凰聞聲而來，因名其城曰丹鳳城。後稱國都為鳳城。

154 陽關曲：唐王維作〈送元二使安西〉詩：「渭城朝雨浥輕塵，客舍青青柳色新。勸君更盡一杯酒，西出陽關無故人。」後被譜入樂，名為「陽關三疊」，是著名的送別曲子。

155 人人：對親昵者的稱謂。第五程：極言路程遙遠。

【作法】

〈鷓鴣天〉，又名〈思佳客〉、〈於中好〉、〈思越人〉、〈千葉蓮〉等。此調實由兩首仄起平韻七言絕句組成，唯下片開首改成兩三字句而已。詞的上片第三、第四句，下片兩個三字句一般宜對仗（此詞未用）。

虞美人 感舊

〔南唐〕李煜

春花秋月何時了[156]，往事知多少？小樓昨夜又東風，故國不堪回首月明中。

○平○仄平平△1 ●平平平△1 ●平●仄仄平① ●仄●平○仄仄平①

雕欄玉砌[157]應猶在，只是朱顏[158]改。問君能有幾多愁，恰似一江[159]春水向東流。

○平仄仄平平△2 ●仄平平△2 ●平○仄仄平② ●仄●平○仄仄平②

【賞析】

此詞係李煜被俘到汴京後所作，淋漓盡致地刻畫出詞人的亡國之痛。王國維說「後主之詞，真所謂以血書者也」（《人間詞話》），就是指的這一類詞作。

此詞大膽抒發詞人的故國之思，充滿悲恨激楚的感情色彩，其情感之深厚、強烈，如江水奔瀉，浩蕩無涯。全詞通篇採用問答，以問起，以答結，透過高亢快速的調子，刻繪出詞人悲恨相續的心理活動，深切沉著，震動人心。

起句怨問蒼天，劈空而下。「春花秋月」本是美景良辰，但對人生已絕望的詞人卻討厭其無休無盡。接句「往事知多少」，則由春花秋月之無盡反襯短暫人生之無常。「往事」自然是指他在南唐故國金陵曾擁有的繁華和歡樂。第三句「小樓」指囚居之所，「昨夜又東風」則點明他歸宋後又過一年了，同時也與首句相呼應。第四句直抒亡國之恨，足見其縱性不羈的個性和純真深摯的感情。下片寫遙望南國的感慨。「雕欄」兩句寫金陵故國宮殿的雕欄玉砌應該還在，只是當年曾流連其中的人已憔悴不堪了，物是人非的悵恨之感令人扼腕。全詞至此，已轉入深沉的富有哲學意味的思考，蓄勢待發。末兩句「問君能有幾多愁，恰似一江春水向東流」則將滿腔幽憤開閘放出，一瀉千里。這是以水喻愁的千古絕唱，把感情在升騰流動中的深度和力度表現得淋漓盡致。而且，結尾這九字句，平仄交替，讀來亦如春江

156 春花秋月：代指歲月的更替。
157 雕欄玉砌：雕花欄杆，玉石台階。此指南唐豪華的宮殿樓閣等建築物。
158 朱顏：紅潤的臉色。
159 一江：指長江。

波濤般此起彼伏、連綿不絕，真是聲情並茂。

全詞結構精巧，通篇一氣盤旋，波濤起伏，前呼後應，流走自如，結合成諧和協調的藝術整體。

【作法】

〈虞美人〉，又名〈一江春水〉、〈玉壺冰〉、〈虞美人令〉等。詞調是因秦漢年間項羽作〈虞兮〉歌而得名。有五十六字、五十八字等格。此為五十六字，雙調，每兩句平仄轉韻，共四仄韻，四平韻。上下片末句為九字句，可以二七式，也可以四五、六三式。詞中上下片第三句及第四句（九字句）之後七字，雖說第一第三字的平仄可以不論，但大多數詞作均作「仄平平仄仄平平」。

南鄉子　春閨

〔宋〕孫道絢

曉日壓重檐，斗帳春寒起未忺[160]。天氣困人梳洗懶，眉尖，淡畫春山[161]不喜添。

●仄仄平◎　●仄平平仄仄◎　○仄●平平仄仄　平◎　●仄平平　仄仄◎

閒把繡絲撏[162]，認得金針又倒拈。陌上遊人歸也未，懨懨[163]，滿院楊花不捲簾。

○仄仄平◎　●仄平平仄仄◎　●仄○平平仄仄　平◎　●仄平平仄仄◎

【賞析】

這是一首思婦春日懷遠的詞作，下片「陌上遊人歸也未」是全詞關捩。上片寫獨居慵懶，下片寫相思懷遠，都因此句而展開。上片以平淡引出。朝陽高出了雙層屋簷，她才從斗帳中起身，春寒隱隱，睡思昏昏，無限春愁，無處排遣。她無心梳妝打扮，女為悅己者容，如今愛人不在身邊，又為誰梳妝為誰妍呢？下片描寫細節。閒來無事，還是拿起花綳來繡花吧，但是因為心不在焉，卻把針倒拈了。金針倒拈，生動地刻畫出這位女子因思念而失神的模樣。其實她的繡花也只是打發寂寞罷了，心思一直在遠方的那個人身上。因為思念而傷心，最後弄得自己精神也委靡起來，末句寫此時簾外微風吹起，楊花紛紛飄落。她也懶得放下珠簾，任由楊花飛入臥房。

160 忺：高興，適意。
161 春山：比喻女子的眉毛。
162 撏：摘取，這裡指挑線。
163 懨懨：精神委靡。

【作法】

〈南鄉子〉，又名〈好離鄉〉、〈蕉葉怨〉。有單調、雙調兩體。雙調，五十六字，上下片各四平韻。上下片各有一個二字句。宋以後多用雙調。

鵲橋仙　七夕

〔宋〕秦觀

纖雲弄巧，飛星[164]傳恨，銀漢迢迢暗度。金風玉露[165]一相逢，便勝卻、人間無數。

○平●仄　○平○仄　○仄○平●△　○平●仄仄平平　仄●仄　平平○△

柔情似水，佳期如夢，忍顧鵲橋歸路。兩情若是久長時，又豈在、朝朝暮暮[166]。

○平●仄　○平○仄　●仄●平○△　●平●仄仄平平　仄●仄　平平●△

【賞析】

這是一首吟詠七夕的著名情詞，由牛郎織女七夕鵲橋相會的美麗傳說生發。上片寫歡會，以「纖雲弄巧，飛星傳恨」兩個對句起頭，既寫七夕景色，又景中見情，展示了七夕獨有的抒情氛圍。第三句「銀漢迢迢暗度」，則將七夕主題和牛郎織女的美麗傳說聯繫起來，練達而淒美。「金風」兩句由敘述轉為議論，表明了作者對這一神話傳說的愛情意義的認識。下片起首「柔情似水，佳期如夢」也是對句，寫雙星的短暫會面，輕柔而美好。「忍顧鵲橋歸路」就是對他們因傷別而不忍回顧鵲橋的描寫，表現了他們深深的依戀和惆悵。詞的最後，發出動情的感慨，也表達了作者對牛郎織女愛情的理解與歌頌。他們難得見面，卻心心相印、息息相通。他們只能在七夕之夜，相會於秋風白露之中，但是他們無怨無悔，依舊忠貞地相愛。

【作法】

詞調取名，得自七夕織女渡河與牽牛鵲橋相會事。雙調，五十六字，上下片各兩仄韻。上下片的第一、第二句應對仗，所以首句第三字與次句的第三字，平仄應錯開，即首句第三字如用平，則次句第三字當用仄，反之亦然。

164 飛星：指牽牛星和織女星。

165 金風玉露：李商隱〈辛未七夕〉中有詩句「由來碧落銀河畔，可要金風玉露時」。金風，指秋風。

166 朝朝暮暮：宋玉〈高唐賦序〉謂楚懷王遊高唐，晝寢，夢見一女子。王因幸之，女子離去時說：「妾在巫山之陽，高丘之阻。旦為朝雲，暮為行雨。朝朝暮暮，陽台之下。」

踏莎行 春暮

〔宋〕寇準

春色將闌[167]，鶯聲漸老，紅英落盡青梅小。畫堂[168]人靜雨濛濛，

○仄平平 ○平仄△ ○平●仄平平△ ●平 ○仄仄平平

屏山[169]半掩餘香裊。密約沉沉，離情杳杳，菱花[170]塵滿慵將照。

○平●仄平平△ ●仄平平 ○平仄△ ○平 ○仄平平△

倚樓無語欲銷魂，長空暗淡連芳草。

●平○仄仄平平 ○平●仄平平△

【賞析】

這是一首閨怨詞。上片寫景，緊扣主人公的心情。暮春時節，黃鶯的叫聲已經不再清脆。芳菲已盡，繁花皆已凋謝，梅樹上結出了青色的梅子。簾外的細雨下個不停，畫堂內屏風半掩，爐香裊裊，人聲寂寂。下片寫情，最後又以景結。這位飽受相思煎熬的女子，想到自己與情郎曾有過幽期密約，然而此時他卻還在遠方沒有歸來。《詩經》裡面說：「自伯之東，首如飛蓬。豈無膏沐？誰適為容！」《戰國策》中說：「女為悅己者容。」現在心愛的人在遠方，這位女子也沒有心思梳妝打扮了，任憑鏡子上落滿了灰塵。她登樓眺望，只是看到

那芳草萋萋與黯淡的天空相接。《楚辭・招隱士》中有「王孫遊兮不歸，春草生兮萋萋」的句子，而此時芳草依舊萋萋，王孫仍然不歸，豈不令人倍覺傷感。

【作法】

〈踏莎行〉，又名〈柳長春〉、〈江南曲〉、〈芳心苦〉、〈瀟瀟雨〉等。雙調，五十八字，上下片各三仄韻。上下片的首起兩句宜對仗。

臨江仙　妓席

〔宋〕歐陽修

柳外輕雷池上雨，雨聲滴碎荷聲[171]。小樓西角斷虹明，欄干倚處，遙見月華生。

●仄○平平仄仄　●平●仄平◎　●平仄仄仄平◎　○平仄仄　○仄仄平◎

167 闌：盡。
168 畫堂：裝飾華麗的房舍。
169 屏山：立起的屏風像山一樣，故名屏山。
170 菱花：鏡子。
171 柳外兩句：唐李商隱〈無題〉詩：「颯颯東風細雨來，芙蓉塘外有輕雷。」

燕子飛來窺畫棟，玉鉤垂下簾旌[172]。涼波不動簟紋平[173]。水晶雙枕，猶有墮釵橫。

●仄○平平仄仄　●平○仄平◎　○平●仄仄平◎　●平○●　○仄仄平◎

【賞析】

有人說這首詞是歐陽修寫自己的風流韻事，證據就是最後兩句「水晶雙枕，猶有墮釵橫」。水晶枕是成雙的，還有釵橫鬢散，自然是風流韻事了。不過，也有人反對這種說法。俞平伯就認為，這首詞的作法大體與李商隱的〈偶題〉、韓偓的〈已涼〉是相似的。為便於讀者理解，現將兩詩錄於此處。

偶題　〔唐〕李商隱

小亭閒眠微醉消，山榴海柏枝相交。
水紋簟上琥珀枕，旁有墮釵雙翠翹。

已涼　〔唐〕韓偓

碧欄干外繡簾垂，猩色屏風畫折枝。

八尺龍鬚方錦褥，已涼天氣未寒時。

因此，這首詞寫的是一位貴婦的生活，應無涉歐陽修的豔遇。

上片寫景物和貴婦的形跡，但其中含情。午後，雷聲傳來，池塘上下起了一陣雨。這是夏日午後經常會有的雷陣雨，很快雨聲停息，濃雲散去，站在小樓西角上的這位女子看到了天空出現的彩虹。她就這樣站在樓上，倚靠著欄杆，呆呆地望著天空，此時月亮開始慢慢升起。倚欄悵望是古典詩詞中常見的情景，而月亮又是思念的意象，因此我們可以知道這位女子在思念自己的情人或者在渴望著愛情。

下片繼續寫景物和貴婦的形跡。月亮升起，說明天已傍晚了，這時候燕子飛回覓巢了。當然燕子是成雙成對的，以並禽來寫愛情或者反襯人的孤獨，這也是古典詩詞中常用的手法。於是，婦人傷心地放下窗簾，獨宿空房。她躺在竹蓆上面，感到如水波一般清涼。這是竹蓆的涼，其實也是這位女子心中的涼。床上放的是水晶雙枕，可是躺在這裡的卻只有自己一個人。除此之外，就只有那墮釵陪伴著自己了。詞寫到這裡戛然而止，整首詞時空承接處

172 簾旌：簾額，簾子上部所綴的軟簾。此處即指簾子。

173 涼波句：唐韓愈詩〈新亭〉有「水紋涼枕簟」句，五代和凝詞〈山花子〉有「水紋簟冷畫屏涼」句。

理得很好，不同的場景相繼出現。沒有一處明寫這位女子的情感，但是她的情感卻得到了更有力的表現。

【作法】

〈臨江仙〉，又名〈庭院深深〉、〈謝新恩〉、〈瑞鶴仙令〉等。有三種格式。第一格（即歐詞）雙調五十八字，六平韻。上下片第四句四字，只可作「平平仄仄」或「仄平平仄」。第二格亦雙調五十八字，六平韻。上下片首句為六字，作「●仄○平平仄」；上下片的第四句為五字，作「●平平仄仄」。其他與第一格同。第三格雙調六十字。六平韻。上下片第四句為五字，作「●平平仄仄」，其他與第一格同。

蝶戀花　春景

〔宋〕蘇軾

花褪殘紅青杏小[174]。燕子飛時，綠水人家繞。枝上柳綿[175]吹又少，
○仄○平平仄◎　●仄平平　●仄平平△　○仄●平　平仄△
天涯何處無芳草。牆裡鞦韆牆外道。牆外行人，牆裡佳人笑。
○平○仄平平△　○仄○平平仄△　○仄平平　○仄平平△

笑漸不聞聲漸杳，多情卻被無情惱[176]。

●仄●平平仄△　○平●仄平平△

【賞析】

這是一首感嘆春光易逝、佳人難得的小詞。大約是蘇軾貶官惠州（廣東惠陽）途中所作。雖為一己之情懷，卻頗具人生之哲理，在傷感之中不乏風趣，又有勘破人生的曠達豪情，極能體現東坡寫情的特點。

上闋寫景，抒傷春之感。詞人既善於把握暮春的特有風光，又善於借景抒情，在客觀地描寫景色時融入了自己的深沉感受。起句「花褪殘紅青杏小」透過寫景點出時令。「殘紅」再著一「褪」字，花少且已褪色的暮春之景不禁給人幾分傷春之意。杏已結子，但「青」又「小」，說明夏天剛到。「燕子」兩句承前將視線從枝頭移開，轉向廣泛的空間，心情也隨之豁然開朗。空中輕燕斜飛，在村頭盤旋飛舞，給畫面帶來了盎然興味，增添了動態美。舍外綠水環抱，於幽靜之中含富貴氣象。「枝上」兩句最為後人稱道，先一抑，後一揚，在跌宕

---

174 花褪：指花色衰敗。殘紅：是指紅花已所剩無幾。

175 柳綿：柳絮。

176 多情：此指行人。無情：此指佳人。

起伏之中，表現出詞人深摯的情感和曠達的襟懷。柳絮紛飛表明春已逝，更何況「吹又少」呢？這種寫法與「花褪殘紅」相似卻又不露痕跡，故不覺重複，倒有纏綿悱惻之感。「天涯何處無芳草」卻是疏朗中略帶感傷，深婉動人。

下闋寫人，表現不為人解之苦惱。由於「綠水人家」環以高牆，「牆外行人」只能看到露出的鞦韆。「行人」聽到佳人盪鞦韆的歡聲笑語，卻看不到佳人的容貌姿態，令人不禁浮想聯翩，在想像中產生無窮意味。這種一藏一露的藝術描寫，絕妙地創造出詩的境界。黃蓼園說：「『柳綿』自是佳句，而次闋尤為奇情四溢也。」佳人歡笑，行人多情，結果是佳人灑下笑聲一片，杳然而去；行人凝望鞦韆，煩惱徒生。最終得出了「多情卻被無情惱」這一極富人生哲理的感悟。

【作法】

〈蝶戀花〉，又名〈鳳棲梧〉、〈魚水同歡〉、〈明月生南浦〉、〈鵲踏枝〉等。雙調，六十字，上下片各四仄韻。

一剪梅 春思

〔宋〕蔣捷

一片春愁待酒澆，江上舟搖，樓上簾招[177]。秋娘渡與泰娘橋[178]。
●仄平平●仄◎ ○仄平◎ ○仄平◎ ○平●仄仄平◎
風又飄飄，雨又瀟瀟。何日歸家洗客袍，銀字笙調[179]，心字香燒[180]。
○仄平◎ ●仄平◎ ○仄平平●仄◎ ○仄平◎ ○仄平◎
流光容易把人拋。紅了櫻桃，綠了芭蕉。
○平○仄仄平◎ ○仄平◎ ●仄平◎

【賞析】

這首詞〈竹山詞〉原題作「舟過吳江」，當是詞人乘船經過吳江縣時所作。全詞運用

177 簾招：即酒旗，此處招為動詞，飄動、招攬的意思。
178 秋娘渡與泰娘橋：都是吳江（今屬江蘇）地名。秋娘、泰娘，都是唐代歌女。
179 銀字笙：用銀字來表示音階高低的笙。調：吹奏。
180 心字香：據宋人范成大《驂鸞錄》記載，某地人製作心字香，將半開的素馨茉莉花置於淨器中，薄劈沉香，層層相間，密封起來，每天換一次，花期未過，心字香就已經製成了。

「點」、「染」結合的手法，生動表現了詞人的春愁和久客思鄉的情感。上片首句點明春愁如海，並帶起以下兩句：「江上舟搖」寫春愁的原因，是因為客居他鄉，身在旅途；「樓上簾招」呼應上句的「待酒澆」。接下來幾句，用當地的特色景點和淒清、悲傷氣氛對春愁進行渲染。下片寫對歸家的渴望。「何日」是一個問句，這一問問出了詞人對漂泊江湖的厭倦和歸家的迫切心情。他想像回家的情景；結束了旅途的勞頓，換去客袍，享受著焚香調琴的閒適生活。最後幾句由客久思歸（因空間距離所造成）的情感擴展到對時光流逝的感慨，使詞的表現意蘊更加寬宏廣闊，震撼人心。最後兩句「紅了櫻桃，綠了芭蕉」是化抽象為形象的手法，用兩種植物的變化表現時光流逝。潛台詞當然是自己依然在外奔波，一年年空傷老大。這首詞雖然簡短，但是取景典型，善於渲染，表現了深厚宏闊而細膩感人的情感，因而成為一首為人們廣為流傳的詞篇。

【作法】

〈一剪梅〉，又名〈玉簟秋〉、〈臘梅香〉。雙調，六十字，可以句句叶韻，共十二平韻；也可僅叶六平韻，即上下片的第二、第四、第五句不叶韻；也可叶八平韻，即上下片的第二句、第五句不叶韻。其四字句多用對仗。

漁家傲　秋思

〔宋〕范仲淹

塞下[181]秋來風景異，衡陽[182]雁去無留意，四面邊聲連角[183]起，千嶂[184]裡，

●仄　○平平仄△　○平　●仄平平△　仄仄平平平仄△　平●△

長煙落日[185]孤城閉。濁酒一杯家萬里，燕然未勒歸無計[186]。

○平●仄　平平△　●仄○平平仄△　○平●仄平平△

羌管[187]悠悠霜滿地，人不寐，將軍[188]白髮征夫淚。

●仄　○平平仄△　平●△　○平　●仄平平△

---

181 塞下：邊境要塞之地，此指西北邊疆。

182 衡陽：古代傳說雁秋天南飛至衡陽即止，衡山的回雁峰即因此而得名。

183 角：號角。

184 嶂：直立如屏的山峰。

185 長煙落日：化用唐代詩人王維的名句「大漠孤煙直，長河落日圓」。

186 燕（一ㄢ）然：山名，在今蒙古境內。東漢竇憲曾北伐大破匈奴，在燕然山刻石紀功而歸。勒：刻。

187 羌管：羌笛。

188 將軍：作者自指。

【賞析】

宋仁宗年間，范仲淹節鎮西北邊塞。據說期間他作了〈漁家傲〉詞數首，述邊鎮勞苦，現只存此一首。

上片側重寫景，既寫出邊塞風光之獨特，又具有強烈的主觀情感。起句以「塞下」點明區域，以「秋來」點明季節，以「風景異」概括地寫出與內地大相逕庭的風光，這一個「異」字，可作「惡劣」解。次句寫邊塞的大雁到了秋季即向南急飛，毫無留戀之意。「無留意」三字以遒勁的筆力透出邊關蕭瑟的荒涼景象。「四面邊聲連角起」續寫邊塞傍晚時分的戰地景象。帶有邊地特色的一切聲響隨著軍中的號角聲而起，形成了濃厚的悲愴氛圍，為下片的抒情蓄勢。接下來以「千嶂」、「孤城」、「長煙」、「落日」這些所見與前面所聞的「邊聲」、「號角聲」結合起來，展現出一幅充滿肅殺之氣的戰地風光畫面。而「孤城閉」又依稀透露出宋朝守軍的力量薄弱，因而不得不一到傍晚就關閉城門的嚴峻形勢。這就為下片的抒情埋下伏筆。

下片側重情，抒寫了戍邊的決心及對家鄉的深切思念。起句以「一杯」與「萬里」形成了懸殊的對比，訴盡了濃重鄉愁。次句化用典故，表明戰爭沒有取得勝利，還鄉之計無從談起，可是要取得勝利，以宋朝軍力之薄談何容易。「羌管悠悠霜滿地」承上闋寫夜景。深夜裡傳來悲涼抑揚的羌笛聲，大地鋪滿冷霜。如此淒清寒夜，滿腔愛國激情和濃重鄉思的詞人思潮翻滾，怎堪入眠，自然引出「人不寐」。結句由己及人，總收全詞，道出了將軍與征人共同的情愁；既希望取得偉大勝利，卻因戰局長期無進展，又難免有思念家鄉、牽掛親人的複雜而矛盾的情緒。

范仲淹以親身經歷，描摹邊塞風光，抒愛國情思，首開邊塞詞之作。全詞情調蒼涼悲壯，感情沉摯抑鬱，一掃花間派柔靡無骨、嘲風弄月的詞風，成為後來蘇軾、辛棄疾豪放派詞的先聲。

【作法】

〈漁家傲〉，又名〈無門柳〉、〈荊溪詠〉、〈遊仙詠〉等。雙調六十二字，上下片各五仄韻。

青玉案　春暮

〔宋〕賀鑄

凌波不過橫塘路[189]，但目送、芳塵去。錦瑟華年誰與度？[190]
○平●仄平平△　仄●仄　平平△　●仄平平平仄△
月台花榭，瑣窗朱戶[191]，只有春知處。碧雲冉冉蘅皋暮[192]，
●平○仄　●平○△　●仄平平△　●平●仄平平△
彩筆新題斷腸句[193]。試問閒愁都幾許[194]？一川[195]煙草，滿城飛絮，
●仄平平仄平△　●仄平平平仄△　●平　平仄　●平平△
梅子黃時雨[196]。
○仄平平△

【賞析】

這首詞是賀鑄晚年的作品，以江南暮春之景集中表現美人離去的「閒愁」。宋周紫芝《竹坡詩話》云：「賀方回曾作〈青玉案〉詞，有『梅子黃時雨』之句，人皆服其工，士大夫謂之『賀梅子』。」可知此詞當時頗負盛名。

上闋以虛實相生的筆法寫情之斷阻。首句言美人的足跡不能到自己的居地來，次句言自

己只能以目光追隨其芳蹤（不能親往）的落寞無奈。第三句一折，如花美眷，似水流年，誰人與共？這一問既關涉作者自身的孤寂，又暗示作者傾心的佳人的處境，並領起下文。後三句是作者揣測美人居處，想到她大概處於幽雅富麗的深院香閨中，然而愛慕、企盼帶來的是只有春知曉的無限傷感。

下闋以寫實之筆刻繪愁思。首句暗用江淹〈休上人怨別〉：「日暮碧雲合，佳人殊未來」語意，綰結前後詞句。晚霞中流雲裊裊，河岸邊香草遍地，好一幅黃昏圖景。作者用以樂景寫哀情的手法抒寫自己難遣的愁情。在這樣情緒之下，新題的都是讓人傷心欲絕的詞句。「試問」幾句，用聯珠博喻具體渲染作者心中的「閒愁」，被黃庭堅譽為「江南斷腸句」，因

---

189 凌波：曹植〈洛神賦〉有「凌波微步，羅襪生塵」句，凌波形容女子步態輕盈。下句「芳塵」取「羅襪生塵」意，指美女的蹤跡，這裡指代美女。橫塘：地名，在蘇州城外。

190 錦瑟華年：語出李商隱〈錦瑟〉開頭兩句「錦瑟無端五十弦，一弦一柱思華年」。這裡指美好的時光。

191 瑣窗朱戶：雕花窗戶，紅色大門。

192 蘅皋：指長有香草的邊水高地。蘅，香草。

193 彩筆：五色筆。形容人極有才情。《南史．江淹傳》記載江淹晚年夢見郭璞對他說：「吾有筆在卿處多年，可以見還。」江淹掏出一枝五色筆給郭璞，從此寫詩作文缺乏文采，人稱江郎才盡。

194 都幾許：共有多少。

195 一川：遍地。

196 梅子黃時雨：春夏之交陰雨連綿的時節正是梅子成熟的時候，俗稱「梅雨」。

精警工巧成為千古傳唱的名句。作者選取的煙草、風絮、梅雨分別存在於地上、人間、天上，這是極言愁思之多，無處不在；它們分別又是江南二三月、三四月、四五月之景，這是極寫愁緒之久，無時不有。並且諸種景物迷濛灰暗、蒼茫淒迷的特徵，它們連用的綜合效應，會使本已濃重的愁思更加濃重。因此，沈際飛在《草堂詩餘正集》中評為「真絕唱」。

【作法】

〈青玉案〉，又名〈橫塘路〉、〈西湖路〉、〈青蓮池上客〉。詞牌的得名取自漢張衡〈四愁詩〉：「美人贈我錦繡段，何以報之青玉案。」雙調，六十七字，十仄韻。上片第五句（「瑣窗朱戶」）也可不用韻；第二句首字宜用去聲領起；第四、第五句宜用對仗。下片亦然。

風入松　春情

〔宋〕吳文英

聽風聽雨過清明，愁草瘞花銘[197]。樓前綠暗分攜路，一絲柳、一寸柔情。
○平○仄仄平◎　○仄仄平◎　○平●仄平平仄　●平●　●仄平◎
料峭春寒中酒[198]，迷離曉夢啼鶯。西園日日掃林亭，依舊賞新晴。
●仄○平●仄　○平●仄平◎　○平●仄仄平◎　○仄仄平◎

黃蜂頻撲鞦韆索，有當時、纖手香凝。惆悵雙鴛[199]不到，幽階一夜苔生。
○平○仄平平仄　●平○　○仄平◎　○仄○平●仄　○平●仄平◎

【賞析】

這是一首傷春懷人之詞。陳洵在《海綃說詞》中說：此詞乃「思去妾」之作。吳文英在蘇州倉幕供職時，曾納一姬，居「西園」約十年，後離去。

上闋著重寫所見所思。「聽風聽雨過清明，愁草瘞花銘」，「聽」和「過」字顯得別有品味，尤其是「聽」字兩次使用，與「風」、「雨」結合，很有節奏感。「草」字則極寫詞人內心的矛盾，想靜下來「聽」，卻又難以抵擋心煩意亂的愁緒的侵襲，還滿腹愁緒地擬寫了葬花的哀銘。「樓前」二句，由傷春轉到傷別，看到昔日的「分攜路」，不免觸景傷情。看到物，自然也就想到人，那樓前綠蔭濃暗的地方就是當年送別與伊人分手的地方，而如今已是人去樓空，那一絲絲柳絲就好像是一寸寸親情。古人習慣於走到「分攜路」處，摘柳而別，那柳絲寄寓著離別的惆悵和對彼此情感的忠貞。此二句情景交融，深刻表達出詞人對昔

197 瘞：埋葬。銘：文體的一種。瘞花銘，指葬花辭。南北朝庾信曾寫過〈瘞花銘〉。
198 料峭：指寒風觸人肌膚，使人顫抖。中酒：醉酒。
199 雙鴛：鴛鴦履，代指女子的鞋，這裡指女子的蹤跡。

日戀人的無限思念之情。「料峭」二句更是表明了詞人內心的無窮惆悵，想借酒消愁，哪知愁更愁，鶯啼聲驚醒醉夢中的我，那份孤獨和寂寞更是難以承受。

下闋承著上闋，直接抒寫對昔日戀人的思念。「西園」二句中的「日日」二字，表明無時無刻不在等待那人的歸來，而「依舊」二字又顯得很無奈，再等也是一場空，這是詞人對昔日戀人的一種無力的呼喚。在絕望中詞人甚至產生幻覺。「黃蜂」二句，即是幻覺的體現。詞人獨居西園，孤獨失落，竟認為那黃蜂飛撲鞦韆，是因為當年戀人打鞦韆時，手上的香澤留在了繩子上，惹得黃蜂不肯離去。末二句急轉回到現實中，「雙鴛不到」表明此時還是空等著，致使「幽階一夜苔生」。「一夜」二字深感時光易逝，而戀人離去恍若昨天。

【作法】

〈風入松〉，又名〈風入松慢〉、〈遠山橫〉。古琴曲有〈風入松〉，唐人皎然有〈風入松歌〉，調名當取此。雙調七十六字，上下片各四平韻。上下片平仄、句式同。

祝英台近　春晚

〔宋〕辛棄疾

寶釵分[200]，桃葉渡[201]，煙柳暗南浦[202]。怕上層樓，十日九風雨。

仄平平　平仄△　○仄仄平△　●仄平平　●仄仄平△

斷腸點點飛紅，都無人管，倩[203]誰喚、流鶯聲住。

●平●○平平　○平○仄　仄○仄　○平平△

鬢邊覷[204]，試把花卜歸期[205]，才簪[206]又重數。羅帳燈昏，哽咽夢中語：

仄平△　●●平仄平平　○仄　仄平△　○仄仄平　●仄仄平△

---

200 寶釵分：古人有分釵贈別的習俗。南朝梁陸罩〈閨怨〉詩：「自憐斷帶日，便恨分釵時。」唐杜牧〈送人〉詩：「明鏡半邊釵一股，此生何處不相逢。」

201 桃葉渡：在今江蘇南京秦淮河畔，相傳晉人王獻之在此送別其妾桃葉，故稱桃葉渡。

202 南浦：泛指送別的水邊碼頭。《楚辭．九歌．河伯》：「送美人兮南浦。」南朝梁江淹〈別賦〉：「送君南浦，傷如之何。」

203 倩：請別人替自己做事。

204 覷：偷看，斜視。

205 花卜歸期：用花的瓣數來預測遊人歸來的日期。

206 簪：插定髮髻或冠的長針，這裡作動詞用。

是他春帶愁來，春歸何處？卻不解、帶將愁去。
●平○仄平平　○平平△　仄●仄　●平平△

【賞析】

這是一首閨怨詞，寫暮春時節，一位女子懷人念遠、惆悵寂寞的相思之情。有人說這首詞另有寄託，有香草美人之意，要表現的是詞人抗金收復失地的抱負不得施展的愁悶。如《蓼園詞選》云：「此必有所托，而借閨怨以抒其志乎！」

上片情景交織，難以區分。首五句寫一對情侶在煙霧迷濛的楊柳岸邊分別，情淒意切，以寶釵相贈。分別之後，相思難解，於是登高望遠。這本是陷於相思的人常有的舉動，可是作者卻說思婦「怕上層樓」。「怕上層樓」是因為怕引動離愁的緣故。「十日九風雨」者，刻畫思婦傷春惜春的心理，並引出下文。「斷腸」四句是寫現在是暮春時分，落花流鶯，沒有人分心去管，只有這位閨中女子經受著斷腸的相思。唐代金昌緒有詩云：「打起黃鶯兒，莫教枝上啼。啼時驚妾夢，不得到遼西。」此處的「倩誰喚、流鶯聲住」，即是借用此意。

下片寫晚上的閨房之內。思婦在枕側斜倚，把頭上的珠花摘下來一瓣一瓣地數，以此來卜問情郎何時能夠歸來。她數完之後，將珠花剛插在頭上，卻又匆匆摘下來再數。這一細節，更加突出表現了這位女子思念遠方情人的複雜心理。「羅帳」六句以另一細節作結。天已經晚了，思婦孤獨一人在昏暗的閨房內，偷偷地哭泣——看來只能在夢中相見互訴衷腸了。最後借夢囈寫女子的埋怨：「我的愁是春天帶來的，可是春天已經走了，為什麼不連它一起帶走呢？」這個埋怨不近情理，但是這正是女子相思至苦、愁悶幽怨的真情流露。

【作法】

〈祝英台近〉，又名〈月底修簫譜〉、〈祝英台〉、〈祝英台令〉、〈燕鶯語〉、〈寶釵分〉等。詞調是由大家熟知的梁山伯祝英台故事而得名。雙調，七十七字，上片四仄韻，下片五仄韻。忌用入聲韻部。詞中五字句，均作拗句。另有用平聲韻體式者。

洞仙歌　夏夜

〔宋〕蘇軾

冰肌[207]玉骨，自清涼無汗。水殿[208]風來暗香滿。繡簾開、一點明月窺人，

○平●仄　仄○平平△　●仄　平平仄平△　仄平平　●仄平仄平平

207 冰肌：肌膚像冰雪一樣瑩潔。《莊子．逍遙遊》：「藐姑射之山，有神人焉，肌膚若冰雪，綽約若處子。」

208 水殿：築在摩訶池邊的便殿。

人未寢，攲[209]枕釵橫鬢亂。起來攜素手，庭戶無聲，時見疏星渡河漢。
平●仄　○　仄平平仄△　●平平仄仄　○仄平平　○仄平平仄平△
試問夜如何[210]，夜已三更，金波淡[211]、玉繩低轉[212]。
仄仄仄平平　●仄平平　平○仄　●平○△
但屈指、西風幾時來，又只恐流年，暗中偷換。
仄仄仄　平平仄平平　仄仄仄平平　仄平平△

【賞析】

此詞前原有小引：「余七歲時，見眉山（在今四川）老尼，姓朱，忘其名，年九十餘。自言嘗隨其師入蜀主孟昶（五代時蜀國後主）宮中。一日，大熱，蜀主與花蕊夫人（孟昶的寵妃）夜納涼摩訶池（建於隋代，前蜀改稱宣華池）上，作一詞。朱具能記之。今四十年，朱已死久矣，人無知此詞者。但記其首兩句。暇日尋味，豈〈洞仙歌令〉乎？乃為足之云。」此詞寫暑夜納涼，對年光流逝惋惜無奈之情。雖寫女人體態，卻寫得既見旖旎風姿，更顯出超逸氣韻。

上闋實為一幅夏夜消暑圖。「冰肌玉骨，自清涼無汗」兩句，據其序當為蜀主孟昶的佚詞殘句，以冰、玉形容美人肌骨之冰瑩玉潤，不但見其天生麗質，更將夏夜之暑氣與人世之俗氣一筆排開。「水殿」五句展開想像，用幾個細節，勾勒出暑夜花蕊夫人水殿倚枕納涼之容態。水殿、繡簾、明月，只見夏夜中的清涼，而將「大熱」跡象淡化出摩訶池以外，使環境與美人的脫俗協調一致。「暗香」這一朦朧意象，更是兼攝摩訶池荷風之清香與美人冰肌暖玉之體香，寫得豔而不俗。「繡簾開」幾句，既是從一個特定的角度在朦朧的月光掩映中見出花蕊夫人的美麗風姿，又以想像明月似乎也在偷窺美人，從側面襯托出美人的綽約多姿。「攲枕釵橫鬢亂」一句，美人慵懶嬌柔之態如在目前，使前面的烘托渲染落到了實處。

下闋寫想像當中攜手賞月的蜀主及花蕊夫人相對夜色而生的流年之慨，純是憑空想像，卻情景交融，妙合無垠。「起來」兩句寫寧靜深夜中的君妃同望流星劃過銀河，以攜手月下的愛侶隱對隔河相望的牛郎織女，寧靜幸福感中而又隱隱有一絲好景難常的悵惘。「試問」以下，似夜深時喁喁私語的對話，既勾勒出一幅月波淡淡、星斗暗轉的深夜景色，又將這一絲幸福中的悵惘若隱若現地傳出。似乎既盼著送爽的西風退暑，又傷感流年似水之悲。

209 攲：同「倚」，斜靠。
210 夜如何：《詩經．小雅．庭燎》：「夜如何其，夜未央。」
211 金波：指月光。《漢書．禮樂志．郊祀歌》：「月穆穆以金波。」
212 玉繩：星名，位於北斗星斗柄三星的北面。玉繩低轉，表夜深。

納涼只是平常景象，詞人卻在此傳達出更深的人生況味和哲理思考，從而使境界頓時不同。

【作法】

〈洞仙歌〉，又名〈羽仙歌〉、〈洞仙歌令〉、〈洞中仙〉等。雙調，八十三字，上下片各三仄韻。此調句讀格式多有出入，這裡用《詞律》標法。前片第二句（「自清涼無汗」）為上一下四句式。第三句及下片第三句最後三字必須用「仄平仄」（「暗香滿」與「渡河漢」）。下片第七句第一字（「但」）與第八句第一字（「又」）均為領字，須用去聲。又，上片第四句（「繡簾開」句）也常有作五、四句式者。

滿江紅　金陵懷古

〔元〕薩都剌

六代[213]豪華，春去也、更無消息。空悵望，山川形勝，已非疇昔[214]。

●仄平平　平●仄　●平○△　平仄仄　○平平仄　仄平平△

王謝堂前雙燕子，烏衣巷口曾相識[215]。聽夜深、寂寞打孤城，春潮急[216]。

○仄○平平仄仄　○平●仄平平△　●●○　●仄仄平平　平平△

思往事，愁如織。懷故國，空陳跡。但荒煙衰草，亂鴉斜日。
○●仄　平○△　平仄仄　平平△　仄平平○仄　仄平平△
玉樹歌殘秋露冷[217]，胭脂井壞寒螿泣[218]。到如今、只有蔣山青[219]，秦淮碧[220]。
●仄○平平仄仄　●仄○仄平平△　●○○　●仄仄平平　平平△

213 六代：東漢之後，吳、東晉、宋、齊、梁、陳六個政權相繼建都於金陵（今江蘇南京），史稱六代。

214 疇昔：往昔。

215 王謝二句：唐劉禹錫〈烏衣巷〉詩：「朱雀橋邊野草花，烏衣巷口夕陽斜。舊時王謝堂前燕，飛入尋常百姓家。」王謝是東晉時期的名門望族，權勢顯赫。烏衣巷為王謝兩家族聚居的地方，在今南京秦淮河以南。

216 聽夜深三句：唐劉禹錫〈石頭城〉詩：「山圍故國周遭在，潮打空城寂寞回。淮水東邊舊時月，夜深還過女牆來。」

217 玉樹句：南朝陳後主作有〈玉樹後庭花〉，被認為是亡國的哀音。

218 胭脂井：即景陽井，故址在今南京市玄武湖側。隋兵渡江攻占金陵，陳後主與張麗華、孔貴嬪等藏入井中，後為隋兵所執。

219 蔣山：即鍾山，在今南京市東北。漢末廣陵（今江蘇揚州）人蔣子文為秣陵尉，追賊至鍾山，傷額而死，孫權為其立廟於鍾山。因孫權祖父名鍾，故改名為蔣山。

220 秦淮：即秦淮河，長江下游的支流，橫貫南京市。

【賞析】

金陵懷古是詩詞之中經常出現的主題，本詞側重於情，格調低沉淒涼。上片寫暮春時的景象。首三句揭出宗旨，領起全篇。接下來展開寫站在金陵城上，所看到的龍盤虎踞、山川形勝已經遠不是六朝時候的了。烏衣巷口的燕子還在，似曾相識，可是早已離開王謝豪族，飛入尋常人家了。只有在夜深人靜的時候，聽著潮水還在寂寞地拍打金陵孤城。下片轉入對暮秋景象的描寫。故國不再，空留陳跡，荒煙、衰草、亂鴉、斜日構成一幅蕭瑟淒涼的晚秋圖畫。當年歡快的〈玉樹後庭花〉的歌聲已經停息，只剩下秋高露寒，一片蕭瑟。胭脂井已經頹敗，只有寒蟬哀鳴，盡顯悲涼。歷史中的一切繁華豪奢都隨著時間而湮沒了，不變的只有青青的蔣山、碧波粼粼的秦淮河。

這首詞通篇使用今昔對比的手法，突出江山依然、繁華不再的主題。這是懷古詞中常用的手法，但本詞運用得更加密集、繁複，並且多層次。另外一點需要注意的就是，本詞上片寫暮春，下片寫暮秋。此外，這首詞多處運用典故和化用前人成句，自然貼切，了無痕跡，在原句之上又增添了新的意蘊。

【作法】

〈滿江紅〉，又名〈上江紅〉、〈念良遊〉、〈傷春曲〉。此調有平仄韻兩體，但宋人較多用仄韻體者。例用入聲韻，慷慨激越，多用於抒發豪情壯志。雙調，九十三字，上片四仄韻，下片五仄韻。上下片兩組七字句，多用對仗。下片開頭四句三字句，可兩兩對仗，亦可一、三，二、四對仗。第五句（「但荒煙衰草」）多用上一下四句式。

水調歌頭

〔宋〕蘇軾

丙辰中秋，歡飲達旦，大醉，作此篇，兼懷子由。

明月幾時有，把酒問青天。不知天上宮闕，今夕是何年[221]？

○仄仄平仄　●仄仄平◎　●平○仄平仄　○仄仄平◎

我欲乘風歸去，又恐瓊樓玉宇[222]，高處不勝[223]寒。起舞弄清影，何似在人間。

●仄平平○⚠　●仄平平●⚠　○仄仄平◎　●仄仄平仄　○仄仄平◎

---

221 今夕是何年：古代神話傳說，天上只三日，世間已千年。古人認為天上神仙世界年月的編排與人間是不相同的。所以作者有此一問。

222 瓊樓玉宇：指月宮。〈大業拾遺記〉：「俄見月規半天，瓊樓玉宇燦然。」

223 不勝：經受不住。

轉朱閣，低綺戶，照無眠。不應有恨，何事長向別時圓。
仄○仄　○仄仄　仄平◎　●平●仄　平●平仄仄平◎

人有悲歡離合，月有陰晴圓缺，此事古難全。但願人長久，千里共嬋娟[224]。
○仄平平○△2　●仄平平○△2　●仄仄平◎　●仄○平仄　○仄仄平◎

【賞析】

這首詞當作於丙辰（宋神宗熙寧九年，即一〇七六年）中秋，蘇軾時任密州知州。密州，即今天的山東諸城。蘇軾因為反對王安石變法，被排擠出朝廷，先後擔任杭州、密州等地的地方官。寫這首詞的時候，蘇軾已經與他的弟弟蘇轍（子由）七年未見了。仕途的坎坷、與親人的分別，使得這一時期的蘇軾生發出擺脫塵世羈絆、超然物外的願望，同時卻又不無留戀，對兄弟骨肉之深情懷念。這就構成了這首詞的基調。

上片寫中秋賞月，因月而引發出對天上仙境的奇想。起句奇崛異常，化用李白〈把酒問月〉中「青天有月來幾時，我今停杯一問之」的詩意。「不知」兩句補足前意，又表現出對明月的讚美和嚮往之情。接下來寫因為嚮往而「我欲乘風歸去」，可是卻又轉過來擔心仙境是否真的勝過人間。天上的「瓊樓玉宇」雖然富麗堂皇，美好非凡，但那裡高寒難耐，也是不可久居的呀。還不如在人間，月下起舞，對影成三人那麼自得其樂。作者在這裡既表達了對月宮仙境的嚮往，同時對塵世也保有些許留戀。這是一種出世和入世矛盾形成的愁悶。

下片寫望月懷人，即「兼懷子由」，同時感念人生的離合無常。開首寫明月的移動。月光轉過走廊，灑進窗子，照著因愁悶和思念而不得入眠的人。因為作者自己就是這樣的「無眠」者，所以接下來索性寫思緒，埋怨起月亮為什麼總是在親人分散的時候這麼圓，這麼亮。這種埋怨是不近情理的，因為月亮的陰晴圓缺與人世的悲歡離合並無關係，它只是一種自然規律罷了。結尾是期盼，也是自我安慰：人世的悲歡離合誰又能控制得了呢，只希望千里相隔的親人能夠共享明月罷了。這是一種豁達心境的體現。

整首詞背景清麗雄闊，如月光下廣袤的清寒世界，天上人間來回馳騁的開闊空間。將此背景與作者愁悶心緒、豁達胸襟相結合，更顯出蘇詞的清麗飄逸、豪邁曠放。

【作法】

〈水調歌頭〉，又名〈江南好〉、〈花犯念奴〉、〈元會曲〉、〈凱歌〉、〈台城游〉。據《隋唐嘉話》載，隋煬帝命鑿汴河，作〈水調歌〉。在唐代，〈水調〉為大曲，凡大曲有「歌頭」，此詞調可能是截取其首段而成。雙調，九十五字，上下片各四平韻兩仄韻。平韻前後

224 千里句：南朝宋謝莊〈月賦〉：「美人邁兮音塵絕，隔千里兮共明月。」

屬同一韻部，仄韻前後屬不同韻部。上下片的兩仄韻，也可不押。

滿庭芳　春遊

〔宋〕秦觀

曉色雲開，春隨人意，驟雨才過還晴。古台芳榭[225]，飛燕蹴[226]紅英。
●仄平平　○平○仄　仄●平仄平◎　仄平平仄　平仄仄　平◎

舞困榆錢[227]自落，鞦韆外、綠水橋平。東風裡，朱門映柳，低按小秦箏[228]。
●仄平平　仄仄　○○仄　●仄平◎　○平仄　○平●仄　○仄仄平◎

多情，行樂處，珠鈿翠蓋[229]，玉轡紅纓[230]。漸酒空金榼[231]，花困蓬瀛[232]。
平◎　平仄仄　平平仄仄　●仄平◎　仄●○平仄　○仄平◎

荳蔻[233]梢頭舊恨，十年夢[234]、屈指堪驚。憑欄久，疏煙淡日，寂寞下蕪城[235]。
●仄　○平仄仄　●○仄　●仄平◎　平平仄　○平●仄　●仄仄平◎

【賞析】

這是一首回憶昔日冶遊生活的詞作。詞人先是用很大篇幅描寫昔日的歡樂場景，在最後卻點明現在的寂寞處境。前後反差巨大，形成鮮明對比，突出了詞人懷往傷懷的情感，藝術水準極高。

本詞結構較特殊。下片「荳蔻梢頭」之前的句子，寫的都是昔日的場景。這是一個美麗的暮春時節。晨光驅散了天空的浮雲，驟雨過後的天空再次變得晴朗，讓人感到十分愜意。亭台樓閣之上，東風習習，落花片片，詞人卻說是飛燕將春花踢落了。榆錢隨風飄舞，鋪落一地。此時詞人站在牆外，看到春水波漲，快要與小橋齊平了，這正與「驟雨」相照應。河畔的柳樹叢中，朱門隱約顯現，從園第裡面傳來美妙的箏聲。上闋的描寫由景及人，下闋與之緊緊承接，從正面點明這是一處冶遊之地。當年包括詞人在內的男男女女有乘車的，有

225 榭：建築在台上、水上的木屋，以為遊觀之用。
226 蹴：踢。
227 榆錢：即榆莢，綠色或白色，成串如錢，因名榆錢。
228 按：彈奏。秦箏：一種弦樂，多為十六弦。最初盛行於秦國，因名秦箏。
229 珠鈿：嵌珠的花鈿。翠蓋：用翠羽裝飾的車篷。
230 玉轡：用玉裝飾的馬繮繩。紅纓：用紅絲製作的馬身上用的穗狀飾物。
231 榼：盛酒的器皿。
232 蓬瀛：蓬萊和瀛洲，古代傳說中的東方仙山。此處指冶遊之處。
233 荳蔻：比喻少女。杜牧〈贈別〉詩：「娉娉嫋嫋十三餘，荳蔻梢頭二月初。」
234 十年夢：杜牧〈遣懷〉詩：「十年一覺揚州夢，贏得青樓薄倖名。」
235 蕪城：指揚州。南朝宋竟陵王在揚州作亂，之後城邑荒蕪。鮑照曾作〈蕪城賦〉憑弔，後世因名揚州為蕪城。

騎馬的，紛紛來此開懷暢飲，尋歡作樂。「花困蓬瀛」中的「花」，當指青樓妓女。寫到這裡，春日遊玩的歡樂已經到達極致。這時候詞人的筆鋒一轉，如同大夢初醒，跌落現實，為年歲流逝而心驚。剛才大篇幅的冶遊歡樂，都是詞人憑欄於此的長久回憶，而此時則是：夕陽漸落，暮靄升起，無比淒涼與寂寞。這種今昔對比的結構，是懷往傷懷作品的慣用手法，不過這首詞卻大膽地讓回憶占據大部分篇幅，最終只是寥寥幾句點出現實，將這種懷往傷懷的情感交由讀者自己去體會，這是一種更加富有藝術感染力的做法。

【作法】

〈滿庭芳〉，又名〈鎖陽台〉、〈滿庭霜〉、〈瀟湘夜雨〉、〈江南好〉等。雙調，九十五字，上下片各四平韻。也有用仄韻者，名〈轉調滿庭芳〉。上片首兩句，多用對仗。下片第三第四句（「珠鈿翠蓋，玉轡紅纓」）。也多用對仗。下片開首兩字也可不用韻，連下成五字句。上下片第八句（「東風裡」、「十年夢」）的第一字，雖平仄通用，但仄聲只限於用入聲，不能用上、去聲。

鳳凰台上憶吹簫　別情

〔宋〕李清照

香冷金猊[236]，被翻紅浪[237]，起來慵自梳頭。任寶奩[238]塵滿，日上簾鉤。

○仄平平　●平○仄　●平○仄平◎　仄仄平　平仄　●仄平◎

生怕離懷別苦，多少事、欲說還休。新來瘦，非干病酒，不是悲秋[239]。

○仄平平●仄　平●仄　●仄平◎　平平●　平平仄仄　仄仄平◎

休休[240]，這回去也，千萬遍陽關[241]，也則難留。念武陵人遠[242]，煙鎖秦樓[243]。

平◎　仄平仄仄　平●仄平平　●仄平◎　仄仄平平仄　○仄平◎

惟有樓前流水，應念我、終日凝眸。凝眸處，從今又添，一段新愁。

○仄平平○仄　平●仄　○仄平◎　平平仄　平平仄平　仄仄平◎

---

236 金猊：指猊形的香爐。猊：傳說中一種獅形的獸。

237 被翻紅浪：錦鍛被子亂攤在身上，如同紅浪翻捲。

238 寶奩：精美的梳妝匣。

239 非干病酒二句：意謂今年的消瘦既不是因為飲酒，也不是由於悲秋，只是丈夫的別離所致。

240 休休：算了吧。

241 陽關：即古曲〈陽關三疊〉。

242 武陵人：指遠行在外的丈夫。陶淵明〈桃花源記〉中所說誤入桃花源的漁夫，即武陵人。

243 秦樓：即鳳凰台，傳說中蕭史與穆公女弄玉吹簫成仙的樓台。此句意謂丈夫遠去，剩下自己孤棲於此。

【賞析】

這首詞作於北宋末年。李清照的丈夫趙明誠因遊學或出仕，經常去外地，李清照也就只能一次次與他離別。

上闋開篇寫詞人的慵懶之狀。「香冷」五句著重寫詞人的外在形態。香爐已經冷了，睡覺的人輾轉反側，紅綾被隨之像波浪般起伏；睡不安穩，乾脆起來吧。女為悅己者容，而今丈夫既然遠去，她也無心梳洗打扮，任它妝奩落塵，管它日上窗戶。接下來「生怕」六句點明詞人無心梳妝是因為害怕與親人離別，「生怕」二字是極通俗的語言，卻極言其苦，情深意長。多少心事到嘴邊卻又沒說出口，不說則已，一說就更思念遠行人。但是不說並不等於不想，正是因為想得太厲害了，才日漸消瘦，並非悲秋，也非飲酒過量。意在言外，不言自明。這個「瘦」字，把自己身體的瘦癯和內心的愁悶都刻畫出來了。

下闋直抒胸臆，極言相思之苦。「休休」六句十分哀怨，詞人似乎在自言自語地說：算了吧，縱然把〈陽關曲〉唱上千萬遍，也無法將他留在身旁，眼看他漸行漸遠，只剩下我獨守空房。情深處，欲語還休。結尾「惟有」六句寫孤獨的她終日裡倚欄凝望，然而這凝望只能增添更多的煩愁，卻又無處訴說，只有流水知道罷了。此詞把青春少婦思念遠方情人的情態刻畫得非常生動。其慵懶之態、想念之情、哀怨之意，盡現筆端。婉轉多姿，引人入勝。

此詞感情真切直率，用語淺近，絕無浮詞麗句，也沒有典故，但其文筆細膩委婉處，如絮絮家語，令人心動神移。

【作法】

〈鳳凰台上憶吹簫〉，又名〈憶吹簫〉。詞調的得名取自《列仙傳》蕭史、弄玉吹簫成仙故事。有九十五字、九十六字、九十七字諸體，自李清照此詞出後，填詞者多依此調。雙調，九十五字，上片十句四平韻，下片十一句五平韻。上片首兩句多用對仗句式。下片首句可叶韻，如不叶韻，則連下句成六字句。

暗香　詠紅豆

〔清〕朱彝尊

凝珠吹黍，似早梅乍萼，新桐初乳[244]。莫是珊瑚，零落敲殘石家樹[245]。

○平平△　仄●平仄仄　平平平△　仄仄平平　平仄平平仄平△

---

244 新桐初乳：桐樹所結的子形狀如同垂乳，稱為桐乳。

245 莫是二句：據《世說新語．汰侈》記載，一次晉武帝賜給王愷一株二尺來高的珊瑚樹，王愷很得意，向石崇炫耀，石崇卻舉起鐵如意將珊瑚樹敲得粉碎。王愷感到很惋惜，不料石崇命家人取出自己收藏的六七株珊瑚樹出來，每株都有三、四尺高，條幹絕世，光彩溢目。王愷「惘然自失」，只好認輸。

記得南中[246]舊事，金齒屐、小鬟蠻女[247]。向兩岸、樹底盈盈，素手摘新雨。
●仄平平 仄仄 平仄仄 ●平平△ 仄●仄 仄仄平平 ●仄仄平△
延佇，碧雲暮[248]。休逗入茜裙[249]，欲尋無處。唱歌歸去，先向綠窗飼鸚鵡。
平△ 仄平△ ○仄仄●平 仄平平△ 仄平仄△ 平仄●平仄平△
惆悵檀郎[250]路遠，待寄與、相思猶阻。燭影下、開玉合，背人偷數。
○仄平平 仄仄 ●仄仄 ○平平△ 仄仄仄 平仄仄 仄平平△

【賞析】

這是一首以紅豆為題的詠物詞，上片賦形，下片言情。紅豆又名相思子，產於嶺南，形如豌豆，質堅如鑽，色豔如血，色澤晶瑩而永不褪色。唐代詩人王維詠紅豆的詩中說：「願君多採擷，此物最相思。」

上片起首五句以比喻來寫紅豆的形態。它像凝結而成的晶瑩露珠，又像被吹動的圓圓的黍粒，像剛綻開的紅豔梅花，又像一串串倒垂的桐子，更像一粒粒散落的珊瑚珠。這些比喻其實是從不同側面賦予了紅豆圓潤、新豔、華美的品格。接下來作者回憶到在南中採摘紅豆的舊事：嶺南的少女梳著環形髮髻，拖著木屐，在清清的水邊採摘剛剛經過微雨的紅豆。按五代後蜀詞人歐陽炯〈南鄉子〉詞云：「兩岸人家微雨後，收紅豆，樹底纖纖抬素手。」朱彝尊此詞「記得」以下幾句即從歐詞化出，但化用而更精采，如歐詞中是「收紅豆」，而朱詞卻說「摘新雨」，讓讀者感到新豔照人，產生一種奇幻的效果。

下片緊承上片。採摘紅豆的少女突然停下，若有所思。此時天色將晚，碧雲已暮，正是適合思念生發的時候。紅豆滑落入茜紅裙下，欲尋無處，其實暗示了女子的所思不見。女子唱著歌歸去，調弄鸚鵡，卻突然想到遠方的情郎，不禁惆悵難抑。古詩詞中常以禽鳥寫愛情，因而從飼鸚鵡到想念自己的情郎也是很自然的。紅豆是表達相思的，可以寄一些給情郎。可是他卻離得太遠，被山水阻隔著。結尾三句描繪了一個細節：女子只好在燭影下自己偷偷地數紅豆以慰相思。「背人偷數」，女子嬌羞的情態如在目前，反映了戀愛中少女的獨特心理。

246 南中：泛指南部地區。
247 金齒屐：對木屐的美稱。小鬟蠻女：指嶺南少女。
248 碧雲暮：南朝梁江淹〈休上人怨別詞〉詩云：「日暮碧雲合，佳人殊未來。」宋賀鑄〈青玉案〉詞云：「碧雲冉冉蘅皋暮，彩筆新題斷腸句。」都是悵望懷人的意思。
249 茜裙：用茜草染成的紅裙。
250 檀郎：西晉文學家潘岳，美姿容，小名檀奴。後世以檀郎稱情郎。

【作法】

〈暗香〉係宋詞人姜夔自度曲，後張炎作詠荷花荷葉詞，易名為「紅情」。雙調，九十七字，上片五仄韻，下片七仄韻。多用入聲韻。上片第五字、下片第六字，均為領字，應用去聲字。朱詞下片第六字「休」字應視作不合律。按朱詞平仄與姜夔詞多有出入，蓋姜詞多處以入聲字代平聲字，如姜詞首句「舊時月色」，作「仄平仄仄」，實際上「月」字是以入作準仄聲（介乎平仄之間），非為第三字可用仄聲，考吳文英、張炎等宋人詞，此處均作平聲可悟。此詞平仄格律即以吳文英、張炎詞訂定。

聲聲慢　秋情

〔宋〕李清照

尋尋覓覓，冷冷清清，淒淒慘慘戚戚。乍暖還寒時候，最難將息[251]。
平平仄△　仄仄平平　平平仄仄仄△　仄仄平平平仄　仄平平△

三杯兩盞淡酒，怎敵他、晚來風急。雁過也，正傷心、卻是舊時相識。
平平仄仄仄仄　仄仄平　仄平平△　仄仄仄　仄平平　仄仄仄平平△

滿地黃花堆積，憔悴損、而今有誰堪摘。守著窗兒，獨自怎生得黑。
仄仄平平平△　平仄仄　平平仄平平△　仄仄平平　仄仄仄平仄△

梧桐更兼細雨，到黃昏、點點滴滴。這次第[252]，怎一個愁字了得。

平平仄平仄仄　仄平平　仄仄仄仄△　仄仄仄　仄仄仄平仄仄△

【賞析】

這首詞寫於李清照顛沛流離的晚年，是其後期詞作的代表篇目。全詞寫深秋時節的見聞與感受，抒發自己國破家亡、孤寂落寞、悲涼愁苦的心緒。

上片起首用十四個疊字，百感交集，驚心動魄，是歷來被廣為稱道的名句。它無一字用「愁」，卻字字含愁，委婉細緻地表達了作者深受巨變創痛後的愁苦心情，營造了一種如泣如訴的音韻效果。接下來「乍暖」五句寫當時的天氣狀況，已至深秋，氣溫驟變，最是讓人難以調養身體的時候。這裡描寫天氣狀況，其實也是在寫作者生活中的巨大變遷與傷痛。南渡之後，作者過著顛沛流離的生活，不久深愛的丈夫又去世了，與丈夫一起蒐集的金石資料也大多散佚，真可謂是晚境淒涼。在這淒涼之中，只得借酒消愁。可是這三杯兩盞淡酒，怎麼能夠抵禦得了深秋淒涼的晚風呢？這裡說「淡酒」，其實並非酒淡，只是作者的愁太濃罷

251 將息：休息，休養。唐王建〈留別張廣文〉：「千萬求方好將息，杏花寒食約同行。」

252 這次第：這種種情形，這種種光景。

了。「雁過也」三句一筆拓開：在這傷心時刻抬眼望天，卻看到了舊時相識的大雁。這大雁曾經為作者傳過書信，曾經承載著作者的愛戀和希望，可是這時一切都已經不在了。正所謂「物是人非事事休」，家破人亡，孤苦飄零，見到舊時相識的大雁則令人更覺悲涼傷感。

下片由遠及近，轉入對眼前深秋景象的具體描寫，進一步抒發作者的愁苦之情。起首三句由景入情，情景交融。作者是愛花的，可是如今山河破碎，丈夫喪亡，早已經不是年輕時候的富貴閒適生活，哪裡還會有折花的興致呢？「守著」以下直接寫作者的家居生活。自己坐在窗前，看著這滿地的黃花，內心充滿哀愁，只覺得時光難捱，何時才能熬到天黑呀！快到黃昏的時候，深秋的雨水打在梧桐葉上，發出響亮的滴滴答答的聲音。這響亮的滴答聲，更加襯托出此時的寂靜淒涼，也更感人地表現了作者的寂寞哀愁。在此時此景之中，作者的心中飽含著家國之痛、身世之悲以及觸景生情的種種心緒，這是一個愁字所遠遠表達不了的。

【作法】

〈聲聲慢〉又名〈勝勝慢〉、〈人在樓上〉、〈鳳求凰〉等，有平仄兩體，其字數、平仄、句讀出入甚大。而李清照所作「尋尋覓覓」一首，歷來非填詞家所習用，其中多有以入聲字代平聲字處，《詞律》云：「人若不及其才，而故學其筆，則未免類狗矣。」其戒之也如此。所以此處所標平仄悉依李詞，不標可平可仄，句讀則依龍榆生《唐宋詞格律》。九十七字，上下兩片各五仄韻。今再將平仄韻〈聲聲慢〉九十七字八韻通用之體舉例如下：

聲聲慢（平韻格）

〔宋〕吳文英

雲深山塢，煙冷江皋，人生未易相逢。一笑燈前，釵行兩兩春容。

○平○仄 ○仄平平 平○●仄平◎ ●仄平平 平○●仄平◎

清芳夜爭真態，引生香、撩亂東風。探花手，與安排金屋，懊惱司空。

平平仄○○仄 仄○平 仄仄平◎ ○○仄 仄平平○仄 ●仄平◎

憔悴歛翹委佩，恨玉奴消瘦，飛趁輕鴻。試問知心，尊前誰最情濃。

○仄平平●仄 仄●平○仄 ○仄平◎ ●仄平平 平○○仄平◎

連呼紫雲伴醉，小丁香、才吐微紅。還解語，待攜歸、行雨夢中。

平平仄平●仄 仄○平 平仄平◎ 平仄仄 仄平平 平仄仄◎

聲聲慢（仄韻格） 〔宋〕高觀國

壺天不夜，寶炬生香，光風蕩搖金碧。月灩水痕，花外峭寒無力。
平平●仄　仄仄平平　平平仄平平△　●仄●平　平仄仄平平△
歌傳翠簾盡卷，誤驚回、瑤台仙跡。禁漏促，拌千金一刻，未酬佳夕。
平平仄平●仄　仄平平　○平平△　仄仄仄　仄平平●仄　○平平△
卷地香塵不斷，最得意、輸他五陵狂客。楚柳吳梅，無限眼邊春色。
仄仄平平●仄　●●●　●○仄平平△　●仄平平　平仄仄平平△
鮫綃暗中寄與，待重尋、行雲消息。乍醉醒，怕南樓、吹斷曉笛。
平平仄平●仄　仄平平　○平平△　仄仄仄　仄平平　平仄仄△

念奴嬌 石頭城 〔元〕薩都剌

石頭城[253]上，望天低吳楚，眼空無物。指點六朝[254]形勝地，惟有青山如壁。
●平○　仄　仄○平○仄　●平平△　●仄●平　平仄仄　○仄○平平△
蔽日旌旗，連雲檣櫓，白骨紛如雪。一江南北，消磨多少豪傑。
○仄平平　○平○仄　●仄平平△　●平○仄　○平平仄平△

寂寞避暑離宮[255]，東風輦路[256]，芳草年年發。落日無人松徑冷，鬼火[257]高低明滅。

●仄●仄平平　○平●仄　○仄平平△　●仄○平平仄仄　●仄○平平△

歌舞尊前，繁華鏡裡，暗換青青髮。傷心千古，秦淮一片明月。

○仄平平　○平●仄　●仄平平△　○平平●　○平仄仄平△

【賞析】

元文宗時，薩都剌曾經出任江南諸道行御史台掾吏，寫了幾首關於金陵名勝的詩詞，此詞當為其中之一。這首詞透過對眼前宏闊景物的描繪，抒發了登高懷古之情。

上片一開始三句就給人一種宏大的景象，站在石頭城上極目遠眺，居高臨下一片蒼茫，空闊無物。接下來「指點」開始引入歷史的縱深：向那六朝形勝之地看去，蒼蒼茫茫，渾然無跡，只有壁立的青山呈現靜默的蒼翠。想當年，遮天蔽日的戰旗、檣櫓高聳的戰船，雲集

253 石頭城：在今南京，三國孫吳在清涼山築城戍守，稱石頭城。後人也每以石頭城指建業。

254 六朝：東漢之後，吳、東晉、宋、齊、梁、陳六個政權相繼建都於金陵，史稱六朝。

255 離宮：帝王出巡時居住的宮室。南唐將石頭山改名清涼山，作為皇帝避暑的地方，建清涼寺。

256 輦路：天子車駕所經的道路。

257 鬼火：夜晚時在墓地或郊野出現的濃綠色磷光。

於此，相互廝殺。白骨紛紛，流血漂杵，在不斷的戰爭中，不知道有多少英雄豪傑喪命於此，使六朝繁華消磨殆盡。

下片從「眼空無物」生發。重點寫石頭城上的避暑離宮。這裡早就沒有皇帝來居住，只剩下一片荒寂了。東風在皇帝車駕所經的路上吹過，每年的這個時候都是芳草萋萋，可是再無當年的豪華車隊了。落日西下，松林間的小徑上空無一人，又看見樹林間的鬼火高低明滅，不由得讓人感到些許寒意。接著作者以哲人的睿思總結興亡替代與人生的意義：繁華豪奢只不過是鏡花水月，過眼雲煙，到頭來倒是消磨了歲月，虛度了年華，在歌舞繁華中漸漸衰老。只有那秦淮之上的一片明月見證了這一切。

這首詞有一點需要特別注意的是，它的用韻完全是沿用蘇軾〈念奴嬌·赤壁懷古〉的原韻，卻毫無生澀湊韻之感，由此可見作者的詞學功力。

【作法】

念奴是唐玄宗時代歌女名。每年京都長安舉行君臣宴樂時，萬眾喧騰，無法禁止，唐玄宗命念奴唱歌壓場（見唐元稹〈連昌宮詞〉自注）。念奴每執歌板唱歌，聲出朝霞之上。詞調得名本此。此詞又有〈百字令〉、〈壺中天〉、〈湘月〉、〈大江東去〉、〈酹江月〉、〈壺中天慢〉等多達二十餘種別名，有仄韻格、平韻格等多體。今一般多用仄韻格，以蘇軾詞「憑高眺遠」為正體（與薩都剌此詞體式同）。雙調，一百字，上下片各四仄韻。上片結句，蘇詞作「望中煙樹歷歷」，前一「歷」字作可平可仄處理。但核宋人所作〈念奴嬌〉，此處一般作平聲。《欽定詞譜》云：「本詞前結中上『歷』字，亦是以入替平，填者勿混用上去聲字。」也就是說此處只能用入聲字，一般應作平聲字，而非可平可仄。又，自蘇軾作〈念奴嬌〉「大江東去」後，後人也多有照他的格式填的。蘇詞句式與此有較多出入，為備一格，今將蘇詞抄錄於下（可平可仄處與前調大體相同，不標明）。

念奴嬌　赤壁懷古

大江東去[258]，浪淘盡、千古風流人物[259]。故壘西邊[260]，人道是、三國周郎赤壁[261]。

仄平平仄　仄平仄　平仄平平平△　仄仄平平　平仄仄　平仄平平仄△

亂石穿空，驚濤拍岸，捲起千堆雪。江山如畫，一時多少豪傑。

仄仄平平　平平仄仄　仄仄平平△　平平平仄　仄平平仄平△

258 大江：指長江。

259 淘：淘汰。風流人物：指出色的英雄人物。

260 故壘：古人的營壘。

261 人道是：意謂據人們講。周郎：周瑜，字公瑾，赤壁之戰時的吳軍主將。

遙想公瑾當年，小喬初嫁[262]了，雄姿英發[263]。

平仄平仄平平　仄平平仄　仄　平平平△

羽扇綸巾[264]，談笑處、檣櫓[265]灰飛煙滅。故國[266]神遊，多情應笑我，早生華髮[267]。

仄仄平平　平仄仄　平仄　平平平△　仄仄　平平　平平平仄仄　仄平平△

人間如夢，一尊還酹[268]江月。

平平平仄　仄平平仄　平△

【賞析】

這首詞為蘇軾的代表作，也是北宋詞壇上最引人注目的作品之一，堪稱千古絕唱。宋神宗元豐五年（一〇八二）七月，蘇軾因詩文諷喻新法，被貶謫到黃州。此詞即是他遊賞黃岡城外的赤壁磯時而作。

上闋側重寫景。開篇三句從滾滾東流的長江著筆，用「浪淘盡」將浩蕩大江與千古人物聯繫起來，布置了一個極為廣泛而悠久的空間時間背景，氣魄極大，筆力超凡。面對眼前恢宏奇偉的江山景色，詞人不禁聯想到曾經發生的赤壁鏖戰。緊接著「故壘」兩句，點出這裡是傳說中的赤壁戰場。當年周瑜以弱勝強大敗曹兵的赤壁之戰的所在地向來各說不一，蘇軾在此不過是借景懷古而已。可見「人道是」一下得極有分寸，而「周郎赤壁」也契合詞題，並為下闋緬懷公瑾埋下伏筆。接下來「亂石」三句，集中描繪赤壁風景：陡峭的山崖高插雲霄，洶湧的駭浪搏擊著江岸，翻滾的江流捲起萬千堆澎湃的雪浪。歇拍二句，總結上文，帶起下闋。「江山如畫」，這種衝口而出的精絕讚美，是作者和讀者從前面藝術地摹寫大自然的壯麗畫卷中自然獲得的感悟。如此多嬌的錦繡山河，怎不孕育和吸引無數英雄。三國正是「風流人物」輩出的時代，真是「一時多少豪傑」。

下闋由「遙想」領起，用五句集中筆力塑帶卓犖不凡的青年將領周瑜，表達對前賢的追慕。詞人在歷史事實的基礎上，經過藝術的提煉和加工，將周瑜的雄才偉略風流儒雅刻畫得栩栩如生。尤其是在寫赤壁之戰前，忽插入「小喬初嫁了」這一生活細節，以妙齡美人輝映英雄將軍，更顯出周瑜的丰姿瀟灑，韶華似錦，年輕有為。「雄姿英發」、「羽扇綸巾」是從肖像儀表描寫周瑜束裝儒雅，風度翩翩。「談笑間、檣櫓灰飛煙滅」，抓住火攻水戰的特

---

262 小喬：喬公的幼女，嫁給了周瑜。

263 英發：指見識卓越，談吐不凡。

264 羽扇綸巾：鳥羽做的扇和絲帶做的頭巾，三國六朝時期儒將常有的打扮。

265 檣櫓：指曹操率領的水軍。檣：桅杆。櫓：槳。

266 故國：舊地。此指赤壁古戰場。

267 華髮：花白的頭髮。

268 酹：以酒澆地表示祭奠。

點，精當地概括了整個戰爭場景。詞人僅以「灰飛煙滅」四字，就將曹軍的慘敗情景形容殆盡，這是何等的氣勢！接下來，「故國神遊」後猛跌入現實，聯繫自己的遭際：仕路蹭蹬，壯懷難酬，白髮早生，功名未就。因而頓生感慨，發出自笑多情、光陰虛擲的嘆惋。「人間如夢，一尊還酹江月」，結語看似消極，實是作者的自解自慰，可謂慷慨豪邁之情歸於瀟灑曠達之語，言近而意遠，耐人尋味。

桂枝香 金陵懷古

〔宋〕王安石

登臨縱目，正故國[269]晚秋，天氣初肅[270]。千里澄江似練[271]，翠峰如簇[272]。
平平仄△　仄仄仄●平　平仄平△　○仄平平●仄　仄平平△

征帆去棹殘陽裡，背西風、酒旗斜矗[273]。彩舟雲淡，星河鷺起[274]，畫圖難足[275]。
○平●仄平平仄　仄平平●平平△　仄平平仄　○平●仄　仄平平△

念往昔、豪華競逐。嘆門外樓頭[276]，悲恨相續。
仄仄仄　平平仄△　仄○●平平　平仄平△

千古憑高對此，漫嗟榮辱。六朝舊事隨流水，但寒煙、衰草凝綠。
○仄平平●仄　仄平平△　●平●仄平平仄　仄平平　○仄平△

至今商女，時時猶唱，《後庭》遺曲[277]。
仄平平仄　○平○仄　仄平　平△

【賞析】

此為一首托古諷今之作。作品透過對金陵故都景色的描繪和歷史興衰的慨嘆，抒發作者的現實政治熱情和鮮明的政治傾向。

---

269 故國：指金陵（今江蘇南京市）。金陵曾為東吳、東晉、宋、齊、梁、陳六朝都城，故稱。

270 肅：肅爽，形容深秋天高氣爽。

271 澄江似練：長江水色澄澈，遠遠望去，像一匹伸展開的白絹。謝朓〈晚登三山還望京邑〉有「餘霞散成綺，澄江靜如練」的詩句。

272 簇：同「鏃」，箭頭。此形容遠山林立。

273 斜矗：猶言斜插。

274 星河：銀河。此指浩渺的長江。鷺：一種水鳥。南京市西南長江口有白鷺洲，洲上白鷺群生。這句是說，遠遠望去，白鷺洲上的白鷺紛紛起舞，彷彿在銀河上飛翔。

275 難足：難以完全表達出來。

276 門外樓頭：指陳為隋滅。語出杜牧〈台城曲〉詩：「門外韓擒虎，樓頭張麗華。」門，指朱雀門。樓，指結綺閣，陳叔寶寵妃張麗華的居所。

277 後庭遺曲：指陳叔寶所作〈玉樹後庭花〉。

上闋描繪金陵古都在深秋季節肅爽壯麗的景色。先寫遠景。「登臨送目」三句，點明時間、季候、地點。「千里」二句由江而山，盡展江山壯麗勝景。此二句雖寫山水的秋色，卻沒有蕭瑟之感，澄澈、峭拔，充滿生機與氣勢。此為遠景。「征帆」三句是近景，目光漸收。殘陽襯征帆，西風襯酒旗，貼切而生動。「酒旗斜矗」以點帶面，寫出金陵之繁榮。「彩舟雲淡」三句再次由近及遠，凸顯故都超凡脫俗的壯麗之美。「星河鷺起」靜景活寫，為畫面平添生命活力。「畫圖難足」直抒胸臆，並為下文懷古諷今作好鋪墊。

下闋懷古諷今。「念往昔」四句，追憶六朝盛衰往事，以「念」字總領。「繁華競逐」乃「悲恨相續」之因，而「門外樓頭」便是六朝盛衰因果更迭的典型例證。「千古憑高」四句緊承上句文章，寫後世憑弔遺跡，空嘆前世盛衰，而不吸取教訓。六朝興亡舊事已隨長江之水東流去，「但寒煙、衰草凝綠」。收尾二句化用杜牧詩句，意在警醒時政。

此詞立意高遠，結構謹嚴完整，不但是王安石詞作代表，也是懷古諷今作品的代表。用字的精煉，用典的妥貼，懷古與諷今不露痕跡的結合，寫景與抒情的轉換、映襯，均堪稱絕唱。楊湜在《景定建康志》中引《古今詞話》云：「金陵懷古，諸公寄調〈桂枝香〉者，三十餘家，惟王介甫為絕唱。東坡見之，嘆曰：『此老乃野狐精也。』」

【作法】

〈桂枝香〉，又名〈疏簾淡月〉。有九十九字、一百字、一百零一字等數體。王安石此詞一百零一字，上下片各五仄韻。後人填〈桂枝香〉多依王詞為準，然於平仄處，略有出入。如上片「天氣初肅」句，有作「仄平平仄」者，也有作「平平平仄」或「平平仄仄」者，但較多的仍依王詞作「平仄平仄」。下片「悲恨相續」情況與此同。又如下片「念往昔」三字，有作「仄平平」、「仄平仄」、「平平仄」者，但以作「仄仄仄」為多。又上下片之第二句「正故國晚秋」之「正」字、「嘆門外樓頭」之「嘆」字，均應作去聲。此詞宜用入聲韻部。《詞律．校刊》云：「準此調舊譜分南北詞，如用入聲韻，則名〈桂枝香〉；用去上聲韻，始可名〈疏簾淡月〉。」

水龍吟 白蓮

〔宋〕張炎

仙人掌上芙蓉，涓涓猶滴金盤露278。輕妝照水，纖裳玉立，飄飄似舞。

○平●仄平平　○平○仄平平△　○平●仄　○平●仄　○平●△

278 仙人二句：《漢武故事》、《三輔故事》等記載，漢武帝為了求仙，製作銅露盤承接天露，調和玉屑飲用。班固〈西都賦〉將銅露盤美稱為「仙掌」，即仙人掌。

幾度消凝[279]，滿湖煙月，一汀鷗鷺。記小舟夜悄，波明香遠，渾[280]不見，花開處。
●仄平平　○平●仄　●平平△　仄●平●仄　○平○仄　平●仄　平平△

應是浣紗人妒[281]，褪紅衣、被誰輕誤。閒情淡雅，冶姿清潤，憑嬌待語[282]。
○仄●平○△　仄平平　●平平△　○平●仄　●平○仄　○平●●

隔浦相逢，偶然傾蓋，似傳心素[283]。怕湘皋珮解[284]，綠雲十里，卷西風去。
●仄平平　●平○仄　●平平△　仄平平仄仄　●平仄仄　仄平平△

【賞析】

這是一首以白蓮為對象的很有特色的詠物詞。上片開頭兩句即營造高潔典雅的氛圍，將白蓮塑造為一個仙子形象。這位仙子站在仙人掌上，涓涓滴露。接下來視角轉移，以仙子形態寫白蓮臨水的綽約風姿。接下來「幾度」七句另拓詞境，由正面寫白蓮轉入寫詞人自己。他曾經數度徘徊在湖邊，久久地凝視著湖面上月光籠罩，煙水朦朧，凝視著蘆葦滿汀，鷗鷺棲宿。他也曾盪舟於湖中，月光在湖面的波紋中跳躍，幽香襲來，卻在煙水迷濛之中看不清白蓮究竟在何處。這一段描寫呈現了一個清幽朦朧的仙境，突出表現了白蓮的高潔典雅。

下片是作者的想像，將素雅高潔的白蓮擬人化。「應是」六句寫就連美女西施也心生嫉妒，把它紅色的衣裳洗去了。白蓮只得以素顏對人，但比起俗豔的紅蓮來，顯得更加清潤淡雅。白蓮嬌滴滴的，像要說話一樣，讓人憐惜不已。接下來「隔浦」三句寫自己對白蓮知己的渴慕。「傾蓋」一語見於《孔子家語》，孔子往郯縣，在路上遇見郯子，傾蓋而語。蓋，指車蓋。荷葉又稱翠蓋。故此處「傾蓋」，貼切而又雙關。作者說「隔浦相逢，偶然傾蓋」，是要表達對白蓮的愛戀傾慕。最後三句寫作者對白蓮將來的憂慮，西風一起，白蓮凋零，只會剩下綠雲似的荷葉了，表達了對白蓮的憐惜之意。下片將白蓮擬人化，寫得富有感情，並且將作者自己也融入進去，可謂想像奇特。

【作法】

〈水龍吟〉，又名〈莊椿歲〉、〈海天闊處〉、〈小樓連苑〉、〈龍吟曲〉、〈豐年瑞〉等。詞體眾多，字數不一，《詞譜》以蘇軾詞七字起句式「霜寒煙冷蒹葭老」及秦觀詞六字

---

279 消凝：銷魂。
280 渾：全，簡直。
281 浣紗人：指西施。西施沒有被送到吳國前，在家鄉越地浣紗。
282 憑嬌待語：唐李白〈淥水曲〉有詩句：「荷花嬌欲語，愁殺盪舟人。」
283 心素：心事，衷腸。
284 湘皋珮解：西漢劉向《列仙傳》載，江妃二女遊於江濱，遇見鄭交甫，遂解珮相贈。這裡比喻白蓮花落。

起句式「小樓連苑橫空」為正格。張炎此詞格式同秦詞，但結尾處「怕湘皋珮解，綠雲千里」兩句，秦詞作「三六」式一句。詞一百零二字，上片五十二字四仄韻，下片五十字五仄韻。下片首句也可不叶韻。第九句（「記小舟夜悄」）第一字為領格，宜用去聲。結句（「卷西風去」）多用「一三」句式，如「是離人淚」（蘇軾），「搵英雄淚」（辛棄疾），「向欄邊醉」（曹組）等。茲將七字起句式示例如下：

水龍吟

〔宋〕蘇軾

霜寒煙冷蒹葭老，天外征鴻嘹唳。銀河秋晚，長門燈悄，一聲初至。
平平平仄平平仄　平仄平平平△　平平平仄　平平平仄　仄平平△

應念瀟湘，岸遙人靜，水多菰米。乍望極平田，徘徊欲下，依前被、風驚起。
平仄平平　仄平平仄　仄平平△　仄仄仄平平　平平仄仄　平平仄　平平△

須信衡陽萬里。有誰家、錦書遙寄。萬重雲外，斜行橫陣，才疏又綴。
平仄平平平仄△　仄平平　仄平平△　仄平平仄　平平平仄　平平仄△

仙掌月明，石頭城下，影搖寒水。念征衣未擣，佳人拂杵，有盈盈淚。
平仄仄平　仄平平仄　仄平平△　仄平平仄仄　平平仄仄　仄平平△

齊天樂　蟋蟀

〔宋〕姜夔

庚郎[285]先自吟愁賦，淒淒更聞私語。露濕銅鋪[286]，苔侵石井，都是曾聽伊處。
仄平　○仄平平△　平平仄平平△　仄仄平平　平平仄仄　○仄平平平△

哀音似訴。正思婦無眠，起尋機杼。曲曲屏山，夜涼獨自甚情緒。
平平仄△　仄○仄平平　仄平平△　仄仄平平　仄平●仄仄平△

西窗又吹暗雨。為誰頻斷續，相和砧杵[287]。
平平仄平仄△　仄平平仄仄　○平平△

候館[288]吟秋，離宮[289]弔月，別有傷心無數。豳詩漫與[290]，笑籬落呼燈，世間兒女。
仄仄　平平　平平　仄仄　●仄平平平△　平平仄△　仄○仄平平　仄平平△

寫入琴絲[291]，一聲聲最苦。
仄仄平平　仄平平仄△

285 庾郎：庾信，六朝時的辭賦家，曾著有〈愁賦〉，但今本庾集不載。

286 銅鋪：銅製的螺形裝飾，裝在門上用來銜托門環。

287 砧杵：搗衣所用的石板和棒槌。

288 候館：客店。

289 離宮：皇帝出行時居住的別墅。

290 豳詩：《詩經．豳風．七月》：「七月在野，八月在宇，九月在戶，十月蟋蟀入我床下。」漫與：即景賦詩。

291 寫入琴絲：作者自注云：「宣政間（徽宗政和、宣和年間，一一一一年至一一二五年），有士大夫製〈蟋蟀吟〉。」

【賞析】

本篇是白石有名的詠物詞，作於宋寧宗慶元二年（一一九六）。當時南宋小朝廷偏安一隅，無心收復失地，朝政日益動盪。這一年秋天作者與抗金名將張俊的曾孫張鎡在南京都城會飲，感於時事，吟詠庾信的〈愁賦〉，不禁觸動情懷，引發黍離之悲。於是便以蟋蟀為題，吟詠愁懷，以排遣心中的苦悶心情。

上片開頭先點「愁」字。庾信的〈愁賦〉，詠物與詠懷結合，生活細節與歷史傳說結合，含蘊十分豐富，而情思盡歸淒涼。接下來寫蟋蟀的哀鳴。這聲音在房門之下的牆邊，在井台旁邊的草叢裡，都曾聽到過。這哀鳴也勾起了思婦的傷心，於是起來尋找機杼。

下片換頭最妙：「西窗又吹暗雨。」以環境氛圍烘托鳴聲淒切，以雨聲狀蟋蟀啼鳴，和搗衣聲相合，引起客中遊子悲秋和後宮女子弔月傷懷。「傷心無數」云云，意蘊深沉，應該說涵蓋了靖康之變和靖康之變後的世事引發的無限愁悶與感傷，當然也包括詞人個人的痛苦。結尾一筆拓開，寫不懂事的小孩打著燈籠在牆籬之下尋找蟋蟀，他們笑著、鬧著，全然不知蟋蟀的叫聲是多麼讓人愁悶。詞用小兒女們的歡樂襯托作者的愁悶與感傷，於是寫出詞來，是「一聲聲最苦」。

【作法】

〈齊天樂〉，又名〈台城路〉、〈如此江山〉、〈五福降中天〉、〈五福麗中天〉。一百零二字，上下片均六仄韻；亦有上下片第一句不用韻的，即上下片均五仄韻。另外尚有一百字、一百零三字、一百零四字等體式。此調平仄要求甚嚴。「似訴」、「漫與」、「最苦」處，宋人多用去上兩聲搭配。「正思婦無眠」與「笑籬落呼燈」之「正」字、「笑」字為領字，例用去聲。「西窗又吹暗雨」一句，有用「平平平仄仄仄」或「平平平平仄仄」「平仄平仄仄仄」者，其中以「平平平仄仄仄」為多。

雨霖鈴　秋別

〔宋〕柳永

寒蟬淒切[292]，對長亭晚[293]，驟雨初歇。都門帳飲無緒[294]，方留戀處，蘭舟催發[295]。

平平○△　仄平平仄　仄仄平△　平平●●平仄　平平仄仄　平平平△

292 寒蟬：似蟬而小，又名寒蜩、寒螿。入秋始鳴。
293 長亭：古時驛道上十里一長亭，五里一短亭，是行人休息或送別之處。
294 都門帳飲：在京城郊外，設置帳幕宴飲送行。都門：京城門。
295 蘭舟：泛指質地精良的船隻。

執手相看淚眼，竟無語凝噎[296]。念去去、千里煙波，暮靄沉沉楚天闊[297]。

仄仄平平●仄　仄平●平△　仄仄仄　平仄平平　仄仄平平仄平△

多情自古傷離別，更那堪、冷落清秋節。今宵酒醒何處，楊柳岸、曉風殘月。

○平仄仄平平△　仄平平　仄仄平平△　平平仄●平仄　○仄仄　仄平平△

此去經年[298]，應是良辰好景虛設。便縱有、千種風情[299]，更與何人說。

仄仄平平　平仄平平仄●平△　仄仄仄　○仄平平　仄仄平平△

【賞析】

此詞是柳永的代表作，造語明快而情意纏綿，以冷落的秋景作為襯托來表達戀人間難以割捨的離情。

上闋起首三句點明送別的場景：在秋風陣陣，蟬鳴淒切的傍晚，瀟瀟雨歇之後，於長亭告別自己心愛的人。作者有意捕捉冷落的秋景來醞釀一種足以打動人心的、充滿離情別緒的環境氣氛。「都門」三句寫離別情形，「無緒」表明心緒錯亂不安。「催」字勾出情侶被迫分離之狀。正在留戀難捨之時，不解人意的舟子在催促出發了。「執手」兩句刻畫細節，不僅寫出了分手的情侶當時的情狀，而且暗示了他們極其複雜微妙的內心活動。離別在即，本來有千言萬語，卻不知從何說起，便愈見心情的「無緒」，也愈見彼此情意的深切。接下來用一「念」字領起，急轉直下，引出了對別後情景的設想。「煙波」以「千里」形容，「暮靄」以「沉沉」形容，「楚天」以「闊」形容，都可說是情中之景。作者用融情入景、烘托點染的手法，達到了一般抒情語言所不能達到的藝術效果。

下闋宕開一筆，泛說離愁別恨，自古皆然。緊接著便轉至眼前，自己在這冷落的清秋時節和戀人別離，內心的悲愁更甚。「今宵」兩句，屬虛景實寫，是宋詞中傳婉約之神的千古名句。設想今宵酒醒時，已不知在何處了，楊柳、曉風、殘月成了引發離人傷感的物像。「此去」四句，從別後長年落寞，相會難期到無人可說風情，既照應前文，又總結全詞。詞意迴環往復，言有盡而情意無窮。可謂「餘恨無窮，餘味無盡」（唐圭璋《唐宋詞簡釋》）。

坎坷的人生使作者對別離的痛苦有著深切的體會，再加上他擅於運用白描和鋪敘的手法，「狀難狀之景，述難述之情」（馮煦〈宋六十一家詞選例言〉）。因而本詞具有一種內在的感染性，極具藝術魅力。

---

296 凝噎：喉嚨裡像是塞住，說不出話來。一作「凝咽」。
297 楚天：古時楚國占有今鄂、湘、江、浙一帶，這裡泛指南方的天空。
298 經年：年復一年。
299 風情：情意，深情密意。

【作法】

〈雨霖鈴〉，又名〈雨淋鈴〉、〈雨霖鈴慢〉。《填詞名解》云：「〈雨霖鈴〉，玄宗幸蜀，道出斜川梓潼縣，霖雨彌日。棧道中聞鈴聲，帝方悼念貴妃，采其聲為〈雨霖鈴〉曲以寄恨。時梨園弟子張野狐善觱篥（一種管樂器），因吹之，遂傳於世。」柳詞此調一百零三字，上下片各五仄韻。多用入聲韻。上片第二句（「對長亭晚」）、第五句（「方留戀處」）是「一三」句式：「竟無語凝噎」是「一四」句式，「竟」字處宜用去聲。又「此去經年，應是良辰好景虛設」處，也有採用「四四四」句式的。

永遇樂　綠陰

〔宋〕蔣捷

清逼池亭，潤侵山閣，雲氣凝聚。未有蟬前，已無蝶後，花事隨流水。
平仄平平　●平平仄　平仄平△　仄仄平平　●平●仄　○仄平○△

西園支徑，今朝重到，半礙醉筇吟袂[300]。
○平○仄　平平○仄　●仄仄平平△

除非是、鶯身瘦小，暗中引雛穿去。梅檐溜滴，風來吹斷，放得斜陽一縷。
○平●　平平●仄　仄平仄○平△　平平仄仄　平平平仄　●仄○平●△

玉子敲枰[301]，香綃落剪，聲度深幾許。

仄仄平平　◯平●仄　◯仄平●△

層層離恨，淒迷如此，點破漫煩輕絮。應難認、爭春舊館，倚紅杏處。

◯平◯仄　平平◯仄　◯仄仄平平△　◯平●　平平●仄　仄平仄△

【賞析】

這首詞寫詞人在西園故地重遊，回憶舊事，感慨萬千。

上片三句首先寫環境背景。畫卷展開，池亭、山閣和雲氣，詞人使用了「清」、「潤」和「凝」等字眼，突出了西園的清幽。其次，詞人交代故地重遊的時間，正是春末夏初，無花無蟬，只有綠樹濃蔭的時節，其特點當然還是清幽。接下來，描寫從大環境轉入綠蔭。這裡的樹林茂密，綠樹成蔭，總是牽衣扯袂，妨礙著詞人行走。這其實是對樹林中清幽環境的再一次強調，也是詞人詩情的流露。在這濃蔭之中，只有瘦小的黃鶯可以輕快地穿梭啼鳴。這當然是誇飾之詞，然而也更加襯托出樹林的清幽。

---

300 筇：產於四川筇山的一種竹子，可做手杖。袂：衣袖。

301 玉子：棋子的美稱。枰：棋盤。

下片將視線聚集到濃蔭深處的一座舊館，這裡大概綰結著詞人太多的回憶。屋簷之上清水滴落，被林間拂來的清風吹斷；斜陽返照入舊館，灑下一縷金色的光。緊接著，詞人的描寫便跟隨這一縷斜陽進入了舊館之內，詞境也進入塵封的舊事。當年詞人與一位女子在這座舊館之中弈棋，因為棋下得久了，女子起身挽著紗袖將爐香灰燼剪落：弈棋敲子和剪落香灰的聲音，這時想來還十分清晰，猶在耳畔。可是後來兩人就天各一方，空餘離恨罷了；往事已隨風而去，猶如濛濛的楊花飛絮。即使是那位女子再來到這裡，恐怕也很難認得出這一片濃蔭和這一座舊館了吧。結尾之處「應難認」是不定之詞，表達了一種難以捉摸的深情，有對清幽的喜愛，有對往事的眷戀，也有對美好往事永遠消逝的感嘆和釋然。

這首詞的一大特色是寫法別致，敘述繁雜而不亂，從環境背景到林中小路，到舊館，到回憶，到感情的抒發，層層推進，自然綿密，其中運用大量勾連照應，使整首詞成為一個立體的、有深度的文字有機體。從這個層面上來說，這是一首不可多得的好詞。

【作法】

〈永遇樂〉，有平仄韻兩體。仄韻體者，又名〈消息〉。一百零四字，上下片各四仄韻。上片「除非是」處，下片「應難認」處，也可作「仄平平」。下片「放得斜陽一縷」之「一」字處，查宋人作詞於此處非平聲則為入聲字，可知也是以入代平。

疏影 梅影

〔宋〕張炎

黃昏片月，似滿地碎陰，還更清絕。枝北枝南，疑有疑無，幾度背燈難折。
平平仄△　仄仄●仄○　平仄平△　○仄平平　平仄平平　●●仄○平△

依稀倩女離魂處[302]，緩步出、前村時節[303]。看夜深、竹外橫斜，應妒過雲明滅。
平平仄仄平平仄　仄仄仄　平平平△　仄仄平　仄仄平平　○仄仄平平△

窺鏡蛾眉淡掃，為容不在貌，獨抱孤潔[304]。
平仄平平仄仄　仄平仄仄仄　仄仄平△

莫是花光[305]，描取春痕，不怕麗譙吹徹[306]。
仄仄平平　仄仄平平　仄仄●平平△

302 倩女離魂：唐陳玄佑小說〈離魂記〉中的故事。衡州張鎰的女兒倩娘與張鎰的外甥王宙相愛，後來張鎰將女兒配與他人，王宙含恨而去。倩娘的魂魄在夜間離開身體，追到王宙所乘的船上，同往蜀中。五年之後，兩人同回張家。在家臥病五年的倩娘聞聲趕出，於是身體與魂魄重新合為一體。

303 前村：五代齊已〈早梅〉詩：「前村深雪裡，昨夜一枝開。」

304 為容句：唐杜荀鶴〈春宮怨〉詩：「承恩不在貌，教妾若為容。」

305 花光：據《冷齋夜話》記載，宋衡州有花光山，長老僧仲仁善畫梅。

306 麗譙：古代城上建有望樓，稱譙樓，用來瞭望城內外的敵兵、盜賊和火災等。華麗的譙樓被稱為麗譙。吹徹：吹到最後一曲。唐李白〈與史郎中欽聽黃鶴樓上吹笛〉：「黃鶴樓中吹玉笛，江城五月落梅花。」

還驚海上燃犀處[307]，照水底、珊瑚凝冶。做弄得、酒醒天寒，空對一庭春雪。

平平仄仄平平仄　仄仄仄　○平平△　仄仄●　●仄平平　○仄仄平平△

【賞析】

這是一首借吟詠梅影而有所寄託的詞作。俗語云：梅花難寫是精神。梅花傲雪鬥霜，凌寒獨放，歷來被看成文人骨氣的象徵。影者，魂也，東晉慧遠禪師〈萬佛影銘〉即云：「體神入化，落影離形。」因此這首詞寫梅影，其實就是要寫出梅花的風骨、梅花的精神。

詞的起首兩句以「碎陰」作喻於梅影，但是接下來又說「還更清絕」。「枝北枝南」三句寫梅花恍惚、疑有疑無的影子，幾度繞枝欲折而終未折，見出詞人對梅影的痴迷。接下來兩句運用典故和前人詩句，寫出了梅影的輕倩縹緲。「看夜深」三句，用竹子和雲來襯托梅影，更加突出了它的曼妙高潔。下片運用大量典故和前人詩句，突出表現梅影孤潔、堅貞的精神。「窺鏡」三句以美人作喻，遺貌取神，突出顯示了梅花的孤潔。「莫是花光」三句寫梅花的堅貞品格。「還驚」三句極力寫珊瑚的玲瓏透徹，其實是比喻如水月光之下的梅花，見出其玲瓏聖潔。詞的最後寫作者為梅花的品格所感動，在酒醒天寒之際久久徘徊其下。

總之，這首詞是否寄託亡國哀思、是否抒發個人感懷尚難以確定；但描寫角度不斷轉換，梅花的形象和品格也隨之突顯，表現出極強的藝術特色。

【作法】

〈疏影〉，宋姜夔自度曲，又名〈綠意〉、〈解珮環〉等。例用入聲韻。一百十字，上片五仄韻，下片四仄韻。此調既為姜夔自度曲，其平仄當以姜詞為準。張炎詞中可平可仄處，均參姜詞而定。

沁園春　有感

〔宋〕陸游

孤鶴歸來，再過遼天，換盡舊人[308]。念累累枯塚，茫茫夢境，

○仄平平　仄仄平平　仄仄仄○　仄○平○仄　○平●仄

王侯螻蟻[309]，畢竟成塵。載酒園林，尋花巷陌，當日何曾輕負春。

○平○仄　●仄平◎　●仄平平　○平●仄　○仄平平○仄◎

---

307 燃犀：據南朝宋劉敬叔《異苑》記載，晉溫嶠至牛渚磯，水底有音樂聲。水深不可測，溫嶠燃犀角照之，見到了水族的奇形異狀。

308 孤鶴三句：晉代陶潛〈搜神後記〉載，遼東人丁令威學道於靈虛山，學成後化鶴回到遼東，停在城門華表柱上，見物是人非，因而感嘆道：「有鳥有鳥丁令威，去家千年今始歸。城郭如故人民非，何不學仙塚壘壘。」

309 王侯螻蟻：唐杜甫〈謁文公上方〉詩：「王侯與螻蟻，同盡隨丘墟。」螻蟻是螻蛄和螞蟻，指代微小生物，這裡喻指地位低微的人。

流年改，嘆圍腰帶剩[310]，點鬢霜新。交親散落如雲，又豈料、而今餘此身。
平平仄　仄◯平●仄　●仄平◎　平平●仄平平　仄●仄　平平◯仄◎

幸眼明身健，茶甘飯軟；非惟我老，更有人貧。
仄●平◯仄　◯平●仄　◯平●仄　●仄平◎

躲盡危機，消殘壯志，短艇湖中閒采蒓[311]。吾何恨，有漁翁共醉，溪友為鄰。
●仄平平　◯平●仄　●仄平平◯仄◎　平平仄　仄◯平●仄　◯仄平◎

【賞析】

淳熙五年（一一七八）秋，五十四歲的陸游從四川回到闊別已久的家鄉山陰，這首詞當是作於此時。詞中抒發了詩人對時光流逝、人生如夢的感慨，飽含著壯志難酬的憤懣與無奈。

上片寫自己回到故鄉，就像當年的丁令威回到遼東一樣，見到的是物是人非。自己曾經的親朋故交許多都已經離開了人世，看著一座座墳墓，想到與他們生前的交往，令人深感世事無常人生如夢。「載酒」三句是回憶，當年自己也曾載酒尋花，在園林巷陌之中留下足跡，並不曾辜負那上天賜予的大好春光。「流年改」一轉，跌落現實，可如今時光流逝，自己也身體憔悴，兩鬢斑白了，可是功業依然無成。

下片寫回到家鄉後的生活。筆鋒又一轉：親朋故友大多飄散如雲了，又何曾想到自己居然還能活到現在？「幸眼明」四句透露身體狀況，聊作自我寬慰之語。陸游在〈書喜〉一詩中寫道：「眼明身健何妨老，飯白茶甘不覺貧。」其實這樣的話，只是故作寬慰，掩飾自己內心的惆悵罷了。「王師北定中原日」才是他的志向，「但悲不見九州同」才是他此時的真切感受。這些年仕途坎坷，雖然躲過了重重危機，但是功業無成，連自己的豪情壯志也被消磨殆盡了。結尾「躲盡」六句是說，現在回到家鄉，駕著小船在湖中採蒓，與漁翁溪友相伴，還有什麼可遺憾的呢？這最後幾句雖然是在描寫自己當時生活的安閒愜意，看似輕鬆曠達，其實是流露出了更多的無奈，令人為之動容。

【作法】

〈沁園春〉，又名〈壽星明〉、〈洞庭春色〉、〈大聖樂〉等。〈沁園春〉取漢沁水公主園以名調。此調平仄及注據《詞律》而定。一百一十四字，上片四平韻，下片五平韻（下片第二字「親」字為暗韻，可不叶）。上片第四句（「念累累枯塚」）、下片第三句（「幸眼明身

310 圍腰帶剩：比喻老病。《南史．沈約傳》：「（約）言已老病，百日數旬革帶常應移禮。」

311 蒓：一種水生植物，又名水葵，可製羹。陸游〈寒夜移疾〉詩自注云：「湘湖在蕭山縣，產蒓絕美。」

健」），都以一字（「念」、「幸」）領四言四句，領字宜用去聲字；此四句可作四字兩聯對仗（如秦觀詞：「正南浦春回，東岡寒退；粼粼鴨綠，裊裊鵝黃。」）。此調宜抒寫壯闊豪邁的情感。

摸魚兒　送春

〔元〕張翥

張西湖、半篙新雨，麴塵[312]波外風軟。蘭舟同上鴛鴦浦[313]，天氣嫩寒輕暖。

仄平平　仄平平仄　●平　平仄平△　○平平仄平平仄　平仄仄平平△

簾半卷，度一縷、歌雲不礙桃花扇[314]。鶯嬌燕婉。

平仄△　●仄仄　○平●仄平平△　○平●△

任狂客無腸[315]，王孫有恨，莫放酒杯淺[316]。垂楊岸，何處紅亭翠館。

仄○仄平平　○平●仄　●仄仄平△　平平仄　○仄平平●△

如今遊興全懶。山容水態依然好，惟有綺羅[317]雲散。

平平平仄平△　○平●仄平平仄　○仄○平　平△

君不見，歌舞地、青蕪滿目成秋苑。斜陽又晚。

平仄△　○●仄　○平●仄平平仄　○平●△

正落絮飛花，將春欲去，目送水天遠。
仄仄仄平平　〇平●仄　●仄仄平△

【賞析】

這首詞寫春日泛舟西湖所感。上片寫景。起首三句勾勒出春日西湖清新美麗的景象，新雨初晴，西湖漲滿，水波蕩漾，春風輕軟。接寫在如此環境下，詞人與佳人泛舟鴛鴦浦上，輕歌曼舞，飲酒賞春，好不愜意。在這樣的風光聲色中，無人不暫時忘卻了平日的拘謹和煩惱，頻頻舉杯。

下片抒情。「垂楊岸」五句寫雖然西湖的風光還像以前一樣，但是佳人已經不在身邊，當年曼舞歡歌的地方也成了滿目淒然、野草叢生的荒涼院落。結尾推出情景交融的境界：夕

312 麴塵：麴上所生的菌，顏色淡黃如塵土，故稱。麴是釀酒或製醬所用的發酵物。
313 鴛鴦浦：鴛鴦棲息的水濱，比喻美色薈萃的地方。
314 度一縷句：宋晏幾道〈鷓鴣天〉：「舞低楊柳樓心月，歌盡桃花扇底風。」歌雲，指歌聲響遏行雲。唐王勃〈滕王閣序〉：「爽籟發而清風生，纖歌凝而白雲遏。」桃花扇：歌舞時所用的扇子。
315 狂客無腸：古人稱螃蟹為無腸公子，又因其橫行，故稱狂客。此處只是借用，詞意與螃蟹並無相關。
316 莫放酒杯淺：五代王衍〈醉妝詞〉：「那邊走，這邊走，莫厭金杯酒。」
317 綺羅：華美的絲綢衣服，喻指歌女和繁華富貴的生活。

陽之下，詞人獨自立於落絮飛花之下，看著遠處水天一色的一片茫茫，獨自傷懷悵惘。今昔對比乃是抒發人生感慨的慣用寫法，本詞在藝術上並未有太大突破。從思想內容上看，作者也未表露出家國之痛，僅僅是為歌女與繁華生活而悵惘傷懷，深意無多。

【作法】

〈摸魚兒〉，又名〈安慶摸〉、〈陂塘柳〉、〈買陂塘〉、〈摸魚子〉、〈邁陂塘〉、〈雙渠怨〉等。各家字數及句讀均小有出入，有多體。張翥此調與晁補之所作〈買陂塘〉同。一百十六字，上片六仄韻，下片七仄韻。上片第九句（「任狂客無腸」）之「任」字，下片第九句（「正落絮飛花」）之「正」字，都是領字，例用去聲。

賀新郎　春閨

〔宋〕李玉

篆縷[318]銷金鼎，醉沉沉、庭陰轉午，畫堂人靜。芳草王孫知何處[319]，
●仄平平仄　仄平平　○平●仄　仄平平△　○仄○平平○仄

惟有楊花糝徑[320]。漸玉枕、瞢騰[321]初醒。簾外殘紅春已透，
○仄○平●△　●仄仄　平平○△　○仄平平平●平

鎮[322]無聊、殢酒[323]懨懨病。雲鬟亂，未忺整[324]。江南舊事休重省。

仄○平●仄平平△ ○仄仄仄平△ ○平●仄平平△

遍天涯、尋消問息，斷鴻難倩[325]。月滿西樓憑闌久，依舊歸期未定。

仄平平○平●仄 仄平平△ ●仄○平平○仄 ○仄○平●△

又只恐、瓶沉金井[326]。嘶騎不來銀燭暗，枉教人、立盡梧桐影[327]。

●仄仄平平○△ ○仄●平平●仄 仄○平●仄平平△

誰伴我，對鸞鏡。

○仄○ 仄平△

---

318 篆縷：香爐中的煙裊裊上升猶如篆字，故稱篆縷。

319 芳草王孫：東漢淮南小山〈招隱士〉：「王孫遊兮不歸，春草生兮萋萋。」

320 糝徑：糝，細碎物。此處作動詞，意為散落在路上。

321 瞢騰：矇矓，迷糊。

322 鎮：久。

323 殢酒：沉迷飲酒。

324 忺：高興，想要。

325 倩：請別人做事。

326 瓶沉金井：唐白居易〈井底引銀瓶〉：「井底引銀瓶，銀瓶欲上絲繩絕。」比喻情愛斷絕，也比喻音信全無，如南朝齊釋寶月〈估客樂〉：「莫作瓶落井，一去無消息。」

327 枉教人句：傳說五代時人呂岩有詩〈梧桐影〉：「今夜故人來不來，教人立盡梧桐影。」

【賞析】

這是一首閨怨詞，以一位女子的口吻所作，情感細膩，抒情深婉，極具感染力。

上片寫這位女子獨居時的慵懶、睏倦和愁苦。「篆縷」八句寫屋內：金鼎香煙裊裊，這位女子醉沉沉地獨自待在閨房裡，看見窗外的樹影轉移。已經到了中午，這裡不會再有人，只有自己一人獨處。「芳草王孫」化用淮南小山〈招隱士〉「王孫遊兮不歸，春草生兮萋萋」的典故，表出對情人的思念。楊花是古典詩詞中表達思念與寂寞的常見意象，此處「惟有楊花糝徑」即含有此意。女子感到萬般寂寞無聊，於是倚枕小憩，漸漸進入朦朧。「簾外」五句補寫朦朧之境。迷迷糊糊中，醉眼朦朧地看見窗外春殘花落，內心充滿了感傷。因為，她也像這春天的落花一樣，在寂寞苦守之中漸漸老去。《詩經．衛風．伯兮》有：「自伯之東，首如飛蓬。豈無膏沐，誰為適容。」此時的這位女子，也因為情人不在身邊而無心梳妝打扮，任憑頭髮亂蓬蓬的。

詞的下片從寫景轉入抒情。首句點明在江南與情人曾有風流舊事，現在也不忍再回憶了。她也曾四處打聽情人的下落，終究杳無音信，令人肝腸寸斷。「月滿」九句淋漓盡致地描繪了女子的苦戀。這位女子憑欄凝望，期待著情人的歸來，可是他的歸期卻一拖再拖，至今未定。會不會他已經變心了，這段情愛就此結束了？可如果不是這樣，為什麼他還不回來？五代和凝〈江城子〉：「斗轉星移玉漏頻，已三更，對棲鶯。歷歷花間，似有馬蹄聲。」可是這位女子卻等不到馬蹄聲，只有昏暗的燭光陪著她，度過這漫長而寂寞的夜。

【作法】

〈賀新郎〉，又名〈金縷衣〉、〈賀新涼〉、〈金縷曲〉、〈貂裘換酒〉、〈乳燕飛〉、〈風敲竹〉等。排比宋人所作〈賀新郎〉，於平仄、句讀出入較大。如此詞之上下片第四句「芳草王孫知何處」、「月滿西樓憑欄久」中連用四個平聲，多數人如此填（而且下片第四句也作「平仄平平平平仄」），但也有一些人不這樣填。又如「枉教人、立盡梧桐影」，也常可作不必頓開之一句。此取較相似句讀之詞，可平可仄略加斟酌而定。詞的上下片除首句不同外，其餘句式、韻腳全同。一百十六字，上下片各六仄韻。龍榆生《唐宋詞格律》云：「大抵用入聲韻部者較激壯，用上、去聲韻部者較淒鬱，貴能各適物宜耳。」

附錄

平水韻

（據《佩文詩韻》摘編，韻部字後括注為已合併的《廣韻》韻部。為避免簡體字一字多用，此《平水韻》及以下《詞林正韻》兩韻書依例用繁體字。）

上平聲

【一東】東同童僮銅桐峒筒瞳中衷忠盅蟲沖終忡崇嵩（崧）菘戎絨弓躬宮穹融雄熊窮馮風楓瘋豐充隆窿空公功工攻蒙濛朦瞢籠朧櫳嚨聾瓏礱瀧蓬篷洪葒紅虹鴻叢翁嗡匆葱聰驄通棕烘崆

【二冬（鍾同用）】冬咚彤農儂宗淙鍾鐘龍蘢舂松淞沖容榕蓉溶庸傭慵封胸凶匈洶雍邕癰濃膿重從逢縫峰鋒豐蜂烽葑縱蹤茸蛩邛筇跫蚣喁

【三江】江釭窗邦降（降伏）雙瀧龐撞豇鈕扛杠腔梆樁幢蛩（冬韻同）

【四支（脂、之同用）】支枝肢移簃為（施為）垂吹陂碑奇宜儀皮兒離施知馳池規危夷師姿遲龜眉悲之芝時詩棋旗辭詞期祠基疑姬絲司葵醫帷思滋持隨痴維巵麾墀彌慈遺肌脂雌披嬉屍狸炊湄籬茲差（參差）卑虧蕤騎（跨馬）歧岐誰斯澌私窺熙欺疵貲羈　髭頤資糜饑衰錐姨夔祗涯（佳、麻韻同）伊追緇萁箕治（治國）尼而推（灰韻同）匙陲魑錘縭璃驪羸帔羆麋蘼脾芪畸犧羲曦欹漪猗崎崖萎篩獅螄鴟綏雖粢瓷椎飴嫠痍惟唯機（木名）耆逵巋丕毗枇貔楣霉輜蚩嗤媸颸颸塒蒔鰣鷥笞灕怡貽禧噫其琪祺麒嶷螭梔鸝累踟琵嵋

【五微】微薇暉輝徽揮韋圍幃違闈霏菲（芳菲）妃飛非扉肥威祈畿機幾譏璣稀希衣（衣服）依歸饑（支韻同）磯欷誹緋晞葳巍沂圻頎

【六魚】魚漁初書舒居裾琚車（麻韻同）渠蕖餘予（我也）譽（動詞）輿胥狙鋤疏蔬梳虛噓墟徐豬閭廬驢諸儲除滁蜍如畬淤好苴葅沮徂齬茹櫚於祛蘧疽蛆醵紓樗躇（藥韻同）歟据（拮据）

【七虞（模同用）】虞愚娛隅無蕪巫於衢疽瞿氍儒襦濡須需朱珠株誅硃銖蛛殊俞瑜榆愉逾渝窬諛腴區軀驅嶇趨扶符鳧芙雛敷麩夫膚紆輸樞廚俱駒模謨摹蒲逋胡湖瑚乎壺狐弧孤辜姑觚菰徒途塗荼圖屠奴吾梧吳租盧鱸爐蘆顱壚蚨孥帑蘇酥烏汙（汙穢）枯粗都茱侏姝禺拘嵎躕桴俘臾萸滹吁瓠糊醐呼沽酤瀘艫轤鸕鴑匍葡鋪（鋪蓋）菟誣嗚迂盂竽趺毋孺酴鴣骷刳蛄晡蒱葫呱蝴劬殂猢郛孚

【八齊】齊黎犁梨妻（夫妻）萋淒堤低題提蹄啼雞稽兮倪霓西棲犀嘶撕梯鼙齎迷泥溪蹊
圭閨攜畦嵇躋奚臍醯黧蠡醍鵜奎批砒睽荑篦齏藜猊蜺鯢羝
【九佳（皆同用）】佳街鞋牌柴釵差（差使）崖涯偕階皆諧骸排乖懷淮豺儕埋霾齋槐
（灰韻同）睚崽楷秸揩挨俳佳涯（支、痲韻同）媧蝸蛙娃哇
【十灰（咍同用）】灰恢魁隈回徊槐（佳韻同）梅枚玫媒煤雷罍隤催摧堆陪杯醅嵬推
（支韻同）詼裴培盔開哀埃臺苔擡該才材財裁栽哉來萊災猜孩徠駘胎唉垓挨皚呆腮
【十一真（諄、臻同用）】真因茵辛新薪晨辰臣人仁神親申身賓濱檳繽鄰鱗麟珍瞋塵陳
春津秦頻蘋顰瀕銀垠筠巾囷民岷泯（軫韻同）珉貧蒓淳醇純脣倫輪淪掄勻旬巡馴鈞均榛遵循
甄宸綸椿鶉嶙轔磷呻伸紳寅姻荀詢峋氤恂嬪彬皴娠閩紉湮肫逡菌臻豳
【十二文（欣同用）】文聞紋蚊雲分（分離）氛紛芬焚墳群裙君軍勤斤筋勳薰曛醺蕓耘
芹欣氳葷汶汾殷雯賁紜昕熏
【十三元（魂、痕同用）】魂渾溫孫門尊（樽）存敦墩燉暾蹲豚村屯囤（囤積）盆奔論
（動詞）昏痕根恩吞蓀捫褌昆鯤坤侖婚閽髡餛噴猻飩臀跟瘟飧
【十四寒（桓同用）】寒韓翰（翰韻同）丹單安鞍難（艱難）餐檀壇灘彈殘乾肝竿闌欄
瀾蘭看（翰韻同）刊丸完桓紈端湍酸團攢官觀（觀看）鸞鑾巒冠（衣冠）歡寬盤蟠漫（大水
貌）歎邯鄲攤玕攔珊狻鼾桿跚姍殫簞癉讕獾倌棺剜潘拚（問韻同）槃般蹣瘢磐瞞謾饅鰻鑽摶

邗汗（可汗）
【十五刪（山同用）】刪潸關彎灣還環鬟寰班斑蠻顏姦攀頑山閑艱間（中間）慳患（諫韻同）孱潺擐圜菅般（寒韻同）頒鬘疝訕斕嫻鷳鰥殷（赤黑色）綸（綸巾）

下平聲

【一先（仙同用）】先前千阡箋天堅肩賢弦煙燕（地名）蓮憐連田填巔鬈宣年顛牽妍研（研究）眠淵涓捐娟邊編懸泉遷仙鮮（新鮮）錢煎然延筵氈旃蟬纏廛連篇偏綿全鐫穿川緣鳶旋船涎鞭專圓員乾（乾坤）虔愆權拳椽傳焉嫣韉褰搴鉛舷躚鵑筌痊詮悛邅（霰韻同）禪嬋躔顓燃漣璉便（安也）翩駢癲闐鈿（霰韻同）沿蜒胭芊蝙胼滇佃畋咽湮狷蠲蔫騫膻扇棉拴荃秈磚孿儇歡璿卷（曲也）扁（扁舟）單（單于）濺（濺濺）犍
【二蕭（宵同用）】蕭簫挑貂刁凋雕迢條髫調（調和）蜩梟澆聊遼寥撩寮僚堯宵消霄綃銷超朝潮嚻驕嬌蕉焦椒饒硝燒（焚燒）遙傜搖謠瑤韶昭招鑣瓢苗貓腰橋喬嬈妖飄逍瀟鴞驍祧鷦鷯繚獠嘹夭（夭夭）麼邀要（要求）姚樵譙憔標飆嫖漂（漂浮）剽佻齠苕客嶕嘵蹺僥了魈曉描釗軺橈銚鷂翹榣僑窯礁
【三肴】肴巢交郊茅嘲鈔包膠苞梢姣庖匏坳敲胞拋蛟崤鴞鞘抄螯咆哮凹淆教（使也）跑

艄捎爻咬鐃茭炮（炮製）泡鮫刨抓鮫饒筲蛸鼇啁剿佼皎掊脬袍嘮

【四豪】豪勞毫操（操持）髦條刀萄猱褒桃糟旄袍撓（巧韻同）蒿濤皋號（號呼）陶鼇曹遭羔糕高搔毛艘滔騷韜繅膏牢醪逃濠壕饕洮淘叨啕篙熬遨翱嗷臊嘷尻鏖螯獒敖聱漕嘈槽掏嘮澇撈癆芼

【五歌（戈同用）】歌多羅河戈阿和（和平）波科柯陀娥蛾鵝蘿荷（荷花）何過（經過）磨（琢磨）螺禾珂蓑婆坡呵哥軻沱鼉拖駝跎佗（他）頗（偏頗）峨俄摩麼娑莎迦屙苛蹉嵯馱籮邏鑼哪挪鍋訶窠蝌髁倭渦窩訛陂鄱皤魔梭唆騾按靴瘸搓哦瘥酡

【六麻】麻花霞家茶華沙車（魚韻同）牙蛇瓜斜邪芽嘉瑕瘕紗鴉遮叉奢涯（支、佳韻同）巴耶嗟遐加笳賒槎差（差錯）蟆驊蝦葭袈裟砂衙呀琶耙芭杷笆疤爬葩些（少也）佘鯊查楂渣爹撾吒拿椰珈跏枷迦痂茄椏丫啞劃嘩誇胯抓窪呱閉媧蝸騧爺娃哇艖杈岈哆樺琊吾鈀

【七陽（唐同用）】陽楊揚洋羊徉佯芳妨方坊防肪房亡忘望（漾韻同）忙茫芒妝莊裝奘香鄉湘廂箱鑲薌相（相互）襄驤光昌堂唐糖棠塘章張王常長（長短）裳涼糧量（衡量）梁粱良霜藏（收藏）腸場嘗償床央鴦秧殃郎廊狼榔踉浪（滄浪）漿將（持也送也）疆僵薑韁觴娘黃皇遑惶徨煌倉蒼艙滄傷殤商幫湯創（創傷）瘡強（剛強）牆檣嬙薔康慷（養韻同）囊狂糠岡剛鋼綱匡筐荒慌行（行列）杭航桁翔詳祥庠桑彰璋漳獐猖倡凰邙臧昂喪（喪葬）閶羌槍鏘搶（突也）蟯蹌篁簧璜潢攘瓤亢吭（養、漾韻並同）旁傍（側也）孀驦當（應當）襠璫鐺泱

蝗隍怏肓汪軮滂螂愴（漾韻同）緗琅頏悵螳

【八庚（耕、清同用）】庚更（更改）羹盲橫（縱橫）觥彭亨英烹平枰京驚荊明盟鳴榮瑩兵兄卿生甥笙牲擎鯨迎行（行走）衡耕萌甍宏閎莖罌鶯櫻泓橙爭箏清情晴精睛菁晶旌盈楹瀛嬴贏營嬰纓貞成盛（盛受）城誠呈程酲聲征正（正月）輕名令（使令）并（并州）傾縈瓊崢嶸撐粳坑鏗攖鸚黥蘅澎膨棚浜坪蘋鉦傖檠嚶轟錚猙寧獰瞪繃怦瓔砰岷鯖偵檉蟶塋楨甇賡黌瞠

【九青】青經涇形陘亭庭廷霆蜓停丁仃馨星腥醒（醉醒）惺俜靈齡鈴伶零聽（徑韻同）冥溟銘瓶屏萍熒螢滎扃坰蜻硎苓聆瓴翎娉婷寧暝瞑螟猩釘疔叮廳町泠櫺囹羚蛉嚀型邢刑

【十蒸（登同用）】蒸烝承丞懲澄陵淩綾菱冰膺鷹應（應當）蠅繩升繒憑乘（駕乘，動詞）勝（勝任）興（興起）仍兢矜徵（徵求）稱（稱讚）登燈僧憎增曾矰層能朋鵬肱薨騰藤恆罾崩縢謄岐嶒姮塍馮症簦瞢凝（徑韻同）棱楞

【十一尤（侯、幽同用）】尤郵優憂流旒留騮榴劉由油遊猷悠攸牛修羞秋周州洲舟酬讎柔儔疇籌稠丘邱抽瘳遒收鳩搜騶愁休囚求裘仇浮謀牟眸侔矛侯喉猴謳鷗樓陬偷頭投鉤溝幽糾啾楸蚯躊綢惆勾婁琉疣猶鄒兜呦咻貅球蜉蝣轎幬鬮瘤硫瀏庥湫泅酋甌啁颼鍪篌摳篝謅骰僂漚（名詞，水泡）螻髏摟歐彪掊虯揉蹂抔不（與有韻「否」通）瓿繆（綢繆）

【十二侵】侵尋潯臨林霖針箴斟沉心琴禽擒衾欽吟今襟（衿）金音陰岑簪（覃韻同）壬

任（負荷）歆森禁（力所勝任）祲喑琛涔駸參（參差）忱淋妊摻參（人參）椹郴芩檎琳蟫愔
喑黔嶔深淫諶霪森湛

【十三覃（談同用）】覃潭參（參考）驂南楠男諳庵含涵函（包含）嵐蠶探貪耽眈龕堪
談甘三酣柑惭藍擔簪（侵韻同）譚曇壇婪戡頷痰籃檻蚶憨泔聃邯蟫（侵韻同）

【十四鹽（添、嚴同用）】鹽簷廉簾嫌嚴占（占卜）髯謙奩纖簽瞻蟾炎添兼縑沾尖潛閻
鐮黏淹鉗甜恬拈砭詹蒹殲黔鈐僉覘崦漸鶼醃襜閹

【十五咸（銜、凡同用）】咸函（書函）緘岩讒銜帆衫杉監（監察）凡饞芟攙喃嵌摻巉

上聲

【一董】董懂動孔總籠攏桶捅蓊蠓汞

【二腫】腫種踵寵隴擁冗重塚捧勇甬踴湧俑蛹恐拱竦悚聳鞏慫奉

【三講】講港項棒蚌耩

【四紙（旨、止同用）】紙只咫是靡彼毀委詭髓累技綺觜此訾蕊徙爾弭婢侈弛豕紫旨指
視美否（否泰）痞兕幾姊比水軌止徵（樂律名）市喜己紀跪妓蟻鄙晷子仔梓矢雉死履壘癸趾
址以已似耜祀史駛耳使（使令）裡理李起杞圯跂士仕俟始齒矣恥麂枳峙鯉邇氏璽巳（地支

名）滓苡倚匕迤邐旖旎艤蚍秕芷擬你企誄捶屣棰揣豸祉恃

【五尾】尾葦鬼豈卉幾偉斐菲（菲薄）匪篚娓悱榧韙煒虺瑋蟣

【六語】語（語言）圉圄呂侶旅杼佇與（給予）予（賜予）渚煮暑鼠汝茹（食也）黍杵處（居住，處理）貯女許拒炬距所楚礎阻俎沮敘緒序嶼墅巨去（除也）苣舉詎潊湑鉅醑咀詛藇抒楮

【七麌（姥同用）】麌雨宇舞府鼓虎古股賈（商賈）估土吐圓庾戶樹（種植，動詞）煦詡努輔組乳弩補魯櫓睹腐數（動詞）簿豎普侮斧聚午伍釜縷部柱矩武五苦取撫浦主杜塢祖愈堵扈父甫禹羽怒（遇韻同）腑拊俯罟賭鹵姥鵡拄莽（養韻同）栩窶脯嫵廡否（是否）麈褸簍僂酤牡譜怙肚踽虜努詁瞽羖祜滬傴仵缶母某畝蠱琥

【八薺】薺禮體米啟陛洗邸底抵弟坻柢涕悌濟（水名）澧醴詆眯娣棨遞昵晛蠡

【九蟹】蟹（駭韻同）】蟹解灑楷（佳韻同）拐矮擺買駭

【十賄（海同用）】賄悔罪餒每塊匯（匯合）猥璀磊蕾傀儡腿海改採彩在宰醢鎧愷待殆怠乃載（歲也）凱靄倍蓓迨亥

【十一軫（準同用）】軫敏允引尹盡忍準隼筍盾（阮韻同）閔憫菌（真韻同）蚓牝殞緊蠢隕哂診疹賑腎蜃臏黽泯窘吮縝

【十二吻（隱同用）】吻粉蘊憤隱謹近忿技刎搵槿瑾惲韞

【十三阮（混、很同用）】阮遠（遠近）晚苑返反飯（動詞）偃蹇琬沅宛婉畹菀蜿綣嗽
挽堰混棍閫悃捆袞滾鯀穩本畚笨損忖囤遁很沌懇墾齦
【十四旱（緩同用）】旱暖管琯滿短館（翰韻同）緩盌（翰韻同）碗懶傘伴卵散（散布）
伴誕罕瀚（浣）斷（斷絕）侃算（動詞）款但坦袒纂綴拌懣讕莞
【十五潸（產同用）】潸眼簡版板阪盞產限綰柬揀撰饌赧皖汕鏟羼見楝棧
【十六銑（獮同用）】銑善（善惡）遣（遣送）淺典轉（霰韻同）衍犬選冕輦免展繭辨
篆勉剪卷顯餞（霰韻同）踐喘蘚軟蹇（阮韻同）演兗件腆跣緬繾鮮（少也）殄扁匾蜆峴畎燹
雋鍵泫癬闡顫膳鱔舛娩輾邅（先韻同）巒辮撚
【十七筱（小同用）】筱小表鳥了（未了，了得）曉少（多少）擾繞紹杪沼眇矯皎杳窈
窕嬝挑（挑撥）掉（嘯韻同）肇縹緲渺淼蔦趙兆繳繚（蕭韻同）夭（夭折）悄舀僥蓼嬈磽剿
晁藐秒殍瞭
【十八巧】巧飽卯狡爪鮑撓（豪韻同）攪絞拗咬炒吵佼姣（肴韻同）昴茆獠（蕭韻同）
【十九皓】皓寶藻早棗老好（好醜）道稻造（造作）腦惱島倒（傾覆）禱（號韻同）搗
抱討考燥掃（號韻同）嫂保鴇稿草昊浩鎬果縞槁堡皂瑙媼燠襖懊葆褓筆澡套澇蚤拷栲
【二十哿（果同用）】哿火舸軃舵我拖娜荷（負荷）可左果裹朵鎖瑣隳惰妥坐（坐立）
裸跛頗（稍也）夥顆禍椏婀邏卵那坷爹（麻韻同）簸叵垜哆硪麼（歌韻同）峨（歌韻同）

【二十一馬】馬下（上下）者野雅瓦寡社寫瀉夏（華夏）也把廈惹冶賈（姓氏）假（真假）且瑪姐舍喏赭灑椵剮打耍那

【二十二養（蕩同用）】養癢象像橡仰朗槳獎蔣敞氅廠枉往顙強（勉強）惘兩曩丈杖仗（漾韻同）響掌黨想鯗榜爽廣享向饗幌莽紡長（長幼）網蕩上（上升）壤賞仿罔讜倘魍魎謊蟒漭嗓盎恍髒（骯髒）吭沆慷繈鏹搶骯獷

【二十三梗（耿靜同用）】梗影景井嶺領境警請餅永騁逞穎潁頃整靜省幸頸郢猛丙炳杏秉耿礦冷靖哽綆荇艋蜢皿儆悻婧阱猙（庚韻同）靚惺打癭併（合併）獷眚憬鯁

【二十四迥（拯等同用）】迥炯茗挺艇梃醒（青韻同）酩酊並（並行並且）等鼎頂肯拯謦剄溟

【二十五有（厚、黝同用）】有酒首口母（麌韻同）婦（麌韻同）後柳友鬥狗久（麌韻同）負厚手叟守否（麌韻同）右受牖偶走阜（麌韻同）九後咎藪吼帚垢舅紐藕朽臼肘韭畝（麌韻同）剖誘牡（麌韻同）缶酉苟醜糗扣叩某莠壽綬玖授蹂（尤韻同）揉（尤韻同）溲紂鈕扭嘔毆糾耦掊瓿拇姆擻綹抖陡蚪簍黝赳取（麌韻同）

【二十六寢】寢飲（飲食）錦品枕（枕衾）審甚（沁韻同）稟衽稔凜懍沈（姓氏）朕荏嬸瀋（瀋陽）葚稟噤諗怎恁飪蕈

【二十七感（敢同用）】感覽攬膽淡（淡、勘韻同）啖坎慘敢頷（覃韻同）撼毯糝湛菡

萏罱槧喊嵌（咸韻同）橄欖

【二十八儉（琰、忝、儼同用）】儉焰斂（豔韻同）險檢臉染掩點簟貶冉苒陝諂儼閃剡

忝（豔韻同）琰奄歉芡嶄塹漸（鹽韻同）罨撿弇崦玷

【二十九豏（檻、範同用）】檻範減艦犯湛嶃（咸韻同）斬黯範

去聲

【一送】送夢鳳洞眾甕貢弄凍痛棟慟仲中粽諷空控哄贛

【二宋（用同用）】宋用頌誦統縱訟種綜俸供從縫重共

【三絳】絳降（升降）巷撞（江韻同）戇

【四寘（志、至同用）】寘置閴事地意志思（名詞）淚吏賜自字義利器位戲至次累（連累）偽寺睿智記異致備肆翠騎（車騎，名詞）使（使者）試類棄餌媚鼻易（容易）轡墜醉議翅避笥幟熾粹蒔誼帥廁寄睡忌貳萃穗二臂嗣吹（鼓吹，名詞）遂恣四驥季刺駟寐魅積（積蓄）被懿覬冀愧匱恚饋蕢簣櫃塈庇豉莉膩秘比（近也）鷙呰啻示嗜飼伺遺（饋遺）薏崇值惴屣眥詈企漬譬跛摯燧隧悴屎稚雉蒞悸肄泌識（記也）侍躓為（因為）

【五未】未味氣貴費沸尉畏慰蔚魏緯胃彙（字彙）謂渭卉（尾韻同）諱毅既衣（著衣，

動詞）蜚漑（隊韻同）翡誹

【六御】御處（處所）去處譽（名詞）署據馭曙助絮著（顯著）箸豫恕輿與（參與）遽疏（書疏）庶預語（告也）踞倨蕷淤鋸覷狙（魚韻同）翥薯

【七遇】遇路輅賂露鷺樹（樹木）度（制度）渡賦布步固素具務霧騖數（數量）怒（嫛韻同）附兔故顧句墓慕暮募註住駐炷祚裕誤悟寤戍庫遘護屨訴妒懼趣娶鑄絝傅付諭喻嫗芋捕哺互孺寓赴沍吐（嫛韻同）汙（動詞）惡（憎惡）晤煦酤訃仆（偃仆）賻駙婺錮蛀颶怖鋪（店鋪）塑愫蠹溯鍍璐僱瓠迕婦負阜副富（宥韻同）醋措

【八霽】（祭同用）霽制計勢世麗歲濟（渡也）第藝惠慧幣弟滯際涕（薺韻同）曆契（契約）敝弊斃帝蔽髻銳戾裔袂系祭衛隸閉逝綴翳替細桂稅婿例誓筮蕙詣礪勵瘞噬繼脆睿毳曳蒂睇妻（以女妻人）遞逮薊蚋薜荔唳捩糲泥（拘泥）媲孌彗睥睨劑嚔諦締剃屜悌儷鍥貰掣羿棣蟪薙娣說（遊說）贅憩鱖堯囈謎擠

【九泰】會旆最貝沛霈繪膾薈狽儈蛻酹外兌泰太帶外蓋大（個韻同）瀨賴籟蔡害藹艾丐奈柰汰癩靄

【十卦】（怪、夬同用）】懈廨邂隘賣派債怪壞誡戒界介芥械薤拜快邁敗稗曬瀣湃寨疥屆蒯簣蕢喟聵塊憊卦掛畫

【十一隊（代、廢同用）】隊內輩佩退碎背穢封廢悔誨晦昧配妹喙潰吠肺耒塊碓刈悖焙

淬敦（器名）塞（邊塞）愛代載（載運）態菜礙戴貸黛槪岱溉慨耐在（所在）鼐玳再袋逮埭賚賽愾曖咳曖睞

【十二震（稕同用）】震信印進潤陣鎮刃順慎鬢晉駿閏峻釁振俊舜贐吝燼訊仞迅汛趁襯僅覲藺浚賑（軫韻同）齓認殯擯縉躪廑諄瞬韌浚殉饉

【十三問（焮韻同）】問聞（名譽）運暈韻訓糞忿（吻韻同）醞郡分（名分）紊慍近（動詞）垶拼奮鄆捃靳

【十四願（慁、恨同用）】論（名詞）恨寸困頓遁（阮韻同）鈍悶遜嫩溷諢巽褪噴（元韻同）艮搵願怨萬飯（名詞）獻健建憲勸蔓券遠（動詞）侃鍵販畈曼挽（輓聯）瑗媛圈（豬圈）

【十五翰（換同用）】翰（寒韻同）瀚岸漢難（災難）斷（決斷）亂歎（寒韻同）覯（樓觀）幹（樹幹，幹練）散（解散）旦算（名詞）玩爛貫半案按炭汗贊漫（寒韻同。又副詞，獨用）冠（冠軍）灌爨竄幔粲燦璨換煥喚渙悍彈（名詞）憚段看（寒韻同）判叛絆鸛伴畔鍛腕惋館旰捍疸但罐盥婉緞縵侃蒜鑽讕

【十六諫（襇同用）】諫雁患澗間（間隔）宦晏慢盼篆棧（潸韻同）慣串綻幻瓣莧辦謾訕（刪韻同）鏟綰孿篡襇扮

【十七霰（線同用）】霰殿面縣變箭戟戰扇煽膳傳（傳記）見硯院練鏈燕宴賤饌薦絹彥

掾便（便利）眷倦羡奠遍戀囀眩釧倩卞汴片禪（封禪）譴濺錢善（動詞）轉（以力轉動）卷（書卷）甸電咽茜單念（念書）眄澱靛佃鈿（先韻同）鏇漩揀繕現狷炫絢綻線煎選旋顫擅緣（衣飾）撰唁諺媛忭弁援研（同硯）

【十八嘯（笑同用）】嘯笑照廟竅妙詔召邵要（重要）曜耀調（音調）釣吊叫眺少（老少）誚料療潦掉（筱韻同）嶠徼跳嘹漂鐐廖尿肖鞘悄（筱韻同）峭哨俏醮燎（筱韻同）鷂轎驃票銚（蕭韻同）

【十九效】效教（教訓）貌校孝鬧豹罩棹覺（寤也）較窖爆炮（槍炮）泡（肴韻同）刨（肴韻同）稍鈔（肴韻同）拗敲（肴韻同）淖

【二十號】號（號令）帽報導操（操行）盜噪灶奧告（告訴）誥到蹈傲暴（強暴）好（愛好）勞（慰勞）躁造（造就）冒悼倒（顛倒）燥犒靠懊瑁燠（皓韻同）耄糙套（皓韻同）纛（沃韻同）潦耗

【二十一個（過同用）】個賀佐大（泰韻同）餓過（歌韻同。又過失，獨用）座和（唱和）挫課唾播破臥貨簸軻（轗軻）馱髁（歌韻同）磋作做剁磨（磨礱）懦糯縛銼摞些（楚些）

【二十二禡】禡駕夜下（降也）謝榭罷夏（春夏）霸暇灞嫁赦籍藉（憑藉）假（休假）蔗化舍（廬舍）價射罵稼架詐亞麝怕借卸帕壩靶鷓貰炙嗄乍吒詫侘罅嚇婭啞訝迓華（姓氏）

樺話胯（遇韻同）跨衩柘

【二十三漾（宕同用）】漾上（上下）望（陽韻同）相（卿相）將（將帥）狀帳唱講浪（波浪）釀曠壯放向忘仗（養韻同）暢量（數量）葬匠障瘴謗尚漲餉樣藏（庫藏）舫訪貺嶂當（適當）抗桁妄愴宕悵創醬況亮傍（依傍）喪（喪失）恙諒脹邑臟吭碭伉壙纊桄擋旺炕亢（高亢）閬防

【二十四敬（映、諍、勁同用）】敬命正（正直）令（命令）證性政鏡盛（茂盛）行（學行）聖詠姓慶映病柄勁競靚淨竟孟諍更（更加）併（梗韻同）聘硬炳泳進橫（蠻橫）摒阱檠迎鄭獍

【二十五徑（證、嶝同用）】徑定聽勝（勝敗）罄磬應（答應）贈乘（名詞）佞鄧證秤稱（相稱）瑩（庚韻同）孕興（興趣）剩憑（蒸韻同）逕甑寧脛暝（夜也）釘（動詞）訂飣錠謦濘瞪蹭蹬亙（亙古）鐙（鞍鐙）瀅甕磴涇

【二十六宥（候、幼同用）】宥候就售（尤韻同）壽（有韻同）秀繡宿（星宿）奏獸漏富（遇韻同）陋狩晝寇茂舊胄宙袖岫柚覆復（又也）救廄臭佑右囿豆餖竇瘦漱咒究疚謬皺逅嗅遘溜鏤逗透驟又侑幼讀（句讀）堠僕副（遇韻同）鏽鷲縷縐灸籀酎詬蔻僦構扣購彀戊懋貿袤嗽湊鼬甃漚（動詞）

【二十七沁】沁飲（使飲）禁（禁令）任（信任）蔭浸譖讖枕（動詞）噤甚（寢韻同）

鴆賃喑滲窨妊

【二十八勘（闞同用）】勘暗濫啖擔憾暫三（再三）紺憨澹（感韻同）瞰淡纜

【二十九豔】豔劍念驗塹瞻店占（占據）斂（聚斂）厭焰（儉韻同）墊欠僭釅瀲灩俺砭坫

【三十陷（鑑、梵同用）】陷鑑泛梵懺賺蘸嵌站餡

入聲

【一屋】屋木竹目服福祿穀熟肉族鹿漉腹菊陸軸逐苜蓿宿（住宿）牧伏夙讀（讀書）犢瀆櫝黷轂復（恢復）粥肅碌鷟育六縮哭幅斛戮僕畜蓄叔淑倏獨蔔馥沐速祝麓轆鏃蹙築穆睦禿縠覆輻瀑郁（馥郁）舳掬踘蹴跼茯袱鵩鴝髑槲撲匐簌蔟煜複蝠菔孰塾矗竺曝鞠嗾謖簏國（職韻同）副

【二沃（燭同用）】沃俗玉足曲粟燭屬錄辱獄綠毒局欲束鵠蜀促觸續浴酷躅褥旭欲篤督牘淥纛碡北（職韻同）矚蠋勖溽縟梏

【三覺】覺（知覺）角桷榷岳樂（音樂）捉朔數（次數）卓啄琢剝駁雹璞樸殼確濁擢濯渥幄握學齷齪槊搦鐲喔邈犖

【四質（術、櫛同用）】質日筆出室實疾術一乙壹吉秩率律逸佚失漆慄畢恤密蜜桔溢瑟膝匹述黜弼蹕七叱卒（終也）虱悉戌嫉帥（動詞）蒺侄躓怵蟋篳篥必泌蓽秫櫛唧帙溧謐昵軼聿詰耋垤捽（月韻同）茁鷸鷸窒苾

【五物（迄同用）】物佛拂屈彧（彧彧乎文哉）鬱（鬱鬱蔥蔥）乞掘（月韻同）吃（口吃）訖紱弗勿迄不怫綍沸茀厥倔歘崛尉（姓氏，又尉遲，複姓）蔚契屹熨（未韻同）紱

【六月（沒同用）】月骨發闕越謁沒伐罰卒（士卒）竭窟笏鉞歇突忽襪日閥筏鶻（黠韻同）厥（物韻同）蹶蕨歿橛掘（物韻同）核蠍勃渤悖（隊韻同）孛揭（屑韻同）碣粵樾鱖脖餑鵓捽（質韻同）猝惚兀訥羯凸咄（曷韻同）矻

【七曷（末同用）】曷達末闊鉢脫奪褐割沫拔（挺拔）葛闥渴撥豁括抹遏撻跋撮潑秣掇（屑韻同）聒獺（黠韻同）刺喝磕蘗瘌襪活鶡斡怛鈸捋

【八黠（轄同用）】黠拔（拔擢）八察殺剎軋戛瞎刮刷滑轄鍛猾捌叭箚紮帕茁鶻揠薩捺

【九屑（薛同用）】屑節雪絕列烈結穴說血舌潔別缺裂熱決鐵滅折拙切悅轍訣泄鍥咽（嗚咽）軼噎微澈哲鱉設齧劣玦截竊孽浙孑桔頡拮擷揭褐（曷韻同）纈碣（月韻同）挈抉褻薛拽爇冽瞥疊跌閱餮耋垤捏頁闋觖譎鴂撇蹩篾楔惙輟啜綴撤絏傑桀涅覓蜺（齊、錫韻同）批（齊韻同）

【十藥（鐸同用）】藥薄惡（善惡）作樂（哀樂）落閣鶴爵弱約腳雀幕洛鑿索郭錯躍若

酌托削鐸鑿箔鵲諾蕚度（測度）橐翁鑰龠瀹著著（同着）虐掠獲穫（收穫）泊搏藿嚼勺瘧廓綽霍鑊莫擭縛貉各略駱寞膜鄂博昨柝格拓轢鑠爍灼瘧蒻箬芍躇卻噱矍攫醵踱魄酪絡烙珞膊粕簿柞漠摸酢怍涸郝堊諤鱷噩鍔顎繳擴槨陌（陌韻同）

【十一陌（麥、昔同用）】陌石客白澤伯跡宅席策冊碧籍（典籍）格役帛戟璧驛麥額柏魄積（積聚）胍夕液尺隙逆畫（動詞）百闢赤易（變易）革脊翮屐獲（獵獲）適索厄隔益窄核舄擲責坼惜癖僻掖腋釋譯嶧擇摘弈奕迫疫昔赫瘠謫亦碩貊蹠鶺磧蹐只炙（動詞）躑斥穸鬲骼舶珀嚇薺磔拆喀蚱舴劇檗擘柵嘖幘簀扼劃蜴鬩幗蟈刺脊汐藉螫摭襞虢啞（笑聲）繹射（音亦）

【十二錫】錫壁曆櫪擊績勣笛敵滴鏑檄激寂覿溺覓狄荻冪慼鷁滌的吃瀝靂霹惕剔礫翟糴倜析晰淅蜥劈甓嫡轢櫟鬩葯踢迪晢裼逖霓闃汨（汨羅江）

【十三職（德同用）】職國德食（飲食）蝕色力翼墨極殛息熄直值得北黑側賊飾刻則塞（閉塞）式軾域蜮殖植敕亟棘惑忒默織匿慝億憶臆薏特勒肋幅仄昃稷識（知識）逼克即唧（質韻同）弋拭陟惻測翊洫嗇穡鯽抑或匐（屋韻同）

【十四緝】緝輯戢立集邑急入泣濕習給十拾襲及級澀楫（葉韻同）粒汁蟄執笠隰汲吸縶挹浥悒岌熠葺什芨廿揖煜（屋韻同）歙笈（葉韻同）圾褶翕

【十五合（盍同用）】合塔答納榻閣雜臘匝闔蛤衲遝鴿踏拓拉盍塌咂盒卅搭褡颯磕榼遢

蹋蠟溘邋跋

【十六葉（帖同用）】葉帖貼牒接獵妾蝶疊篋愜涉鬣捷頰楫（緝韻同）聶攝懾鑷躡協俠莢挾鋏浹睫厭靨蹀躞燮摺輒婕諜堞霎囁喋碟鰈撚曄躐笈（緝韻同）

【十七洽（狎、業、乏同用）】洽狹峽法甲業鄴匣壓鴨乏怯劫脅插鍤押狎夾恰蛺硤掐箚袷眨胛呷歃閘霎（葉韻同）

詞林正韻

此龍榆生《唐宋詞格律》所附之《詞韻簡編》。龍氏所據，蓋即清人戈載所編《詞林正韻》，去其不常用之字，實有八千餘字，故稱簡編。

第一部

平聲：一東二冬通用

【一東】東同童僮銅桐峒筒瞳中（中間）衷忠盅蟲沖終忡崇嵩（崧）菘戎絨弓躬宮穹融雄熊窮馮風楓瘋豐充隆窿空公功工攻蒙濛朦瞢籠朧櫳嚨聾瓏礱瀧蓬篷洪葒紅虹鴻叢翁嗡匆蔥聰驄通棕烘崆

【二冬】冬咚彤農儂宗淙鍾鐘龍蘢舂松凇沖容榕蓉溶庸傭慵封胸凶匈洶雍邕癰濃膿重（重複）從（服從）逢縫峰鋒豐蜂烽葑縱（縱橫）蹤茸蛩邛筇跫供（供給）蚣喁

仄聲：上聲一董二腫　去聲一送二宋通用

【一董】董懂動孔龍（東韻同）攏桶捅蓊蠓汞

【二腫】腫種（種子）踵寵壠（隴）擁冗重（輕重）塚捧勇甬踴湧俑蛹恐拱竦悚聳鞏慫奉

【一送】送夢鳳洞眾甕貢弄凍痛棟慟仲中（擊中）粽諷空（空缺）控哄贛

【二宋】宋用頌誦統縱（放縱）訟種（種植）綜俸供（供設，名詞）從（僕從）縫（隙也）重（再也）共

第二部

平聲：三江七陽通用

【三江】江缸窗邦降（降伏）雙瀧龐撞豇扛杠腔梆椿幢蛩（冬韻同）

【七陽】陽楊揚洋羊徉佯芳妨方坊防肪房亡忘望（漾韻同）忙茫芒妝莊裝奘香鄉湘廂箱鑲薌相（相互）襄驤光昌堂唐糖棠塘章張王常長（長短）裳涼糧量（衡量）梁粱良霜藏（收藏）腸場嘗償床央鴦秧殃郎廊狼榔踉浪（滄浪）漿將（持也送也）彊僵薑韁鰑娘黃皇遑惶徨煌倉蒼艙滄傷殤商幫湯創（創傷）瘡強（剛強）牆檣嬙薔康慷（養韻同）囊狂糠岡剛鋼綱匡筐荒慌行（行列）杭航桁翔詳祥庠桑彰璋漳獐猖倡凰邙臧昂喪（喪葬）閶羌槍鏘搶（突也）蜣蹌篁簧璜潢攘瓤亢吭（漾、養韻並同）旁傍（側也）孀驦當（應當）襠璫鐺泱蝗隍怏肓汪鞅滂螂愴（漾韻同）緗琅頏悵螳

仄聲：上聲三講二十二養　去聲三絳二十三漾通用

【三講】講港項棒蚌耩

【二十二養】養癢象像橡仰朗槳獎蔣敞氅廠枉往顙強（勉強）惘兩曩丈杖仗（漾韻同）響掌黨想鯗榜爽廣享向饗幌莽紡長（長幼）網蕩上（上升）壤賞仿罔讜倘魍魎謊蟒漭嗓盎恍髒（骯髒）吭沆慷繈鏹搶骯豬獷

【三絳】絳降（升降）巷撞（江韻同）戇

【二十三漾】漾上（上下）望（陽韻同）相（卿相）將（將帥）狀帳唱講浪（波浪）釀曠壯放向忘仗（養韻同）暢量（數量）葬匠障瘴謗尚漲餉樣藏（庫藏）舫訪貺嶂當（適當）抗桁妄愴宕悵創醬況亮傍（依傍）喪（喪失）恙諒脹鬯臟（內臟）吭碭伉壙纊桄擋旺炕亢（高亢）閬防

第三部

平聲：四支五微八齊十灰（半）通用

【四支】支枝肢移簃為（施為）垂吹陂碑奇宜儀皮兒離施知馳池規危夷師姿遲龜眉悲之芝時詩棋旗辭詞期祠基疑姬絲司葵醫帷思滋持隨癡維卮麾墀彌慈遺肌脂雌披嬉屍狸炊湄籬茲差（參差）卑虧蕤騎歧岐誰斯澌私窺熙欺疵貲羈彝髭頤資糜饑衰錐姨夔祇涯（佳、麻韻同）伊追緇萁箕治（治國）尼而推匙陲魑錘縭璃驪羸帔羆縻蘼脾芪畸犧羲曦欹漪猗崎崖萎篩獅螄鴟綏雖粢瓷椎飴嫠痍惟唯機耆逵巋丕毗枇貔楣黴輜蚩嗤媸颸颶塒蒔鰣鷥笞灘怡貽禧噫其琪祺麒嶷螭梔鸝累踟琵嵋

【五微】微薇暉輝徽揮韋圍幃違闈霏菲（芳菲）妃飛非扉肥威祈畿機幾（微也，如見幾）譏璣稀希衣（衣服）依歸饑（支韻同）磯欷誹緋唏葳巍沂圻頎

【八齊】齊黎犁梨妻（夫妻）萋淒堤低題提蹄啼雞稽兮倪霓西棲犀嘶撕梯鼙齎迷泥溪蹊圭閨攜畦嵇躋奚臍醯黧蠡醍鵜奎批砒睽荑篦齏藜猊蜺鯢羝

【十灰（半）】灰恢魁隈回徊槐（佳韻同）梅枚玫媒煤雷頹崔催摧堆陪杯醅嵬推（支韻

同）詼裴培盔偎煨瑰茴追胚徘坯桅傀儡（賄韻同）莓

仄聲：上聲四紙五尾八薺十賄（半）
去聲四寘五未八霽九泰（半）十一隊（半）通用

【四紙】紙只咫是靡彼毀委詭髓累技綺觜此泚蕊徙爾弭婢侈弛豕紫旨指視美否（否泰）痞兕幾姊比水軌止徵（角徵）市喜已紀跪妓蟻鄙晷子仔梓矢雉死履壘癸趾址以己似耜祀史駛耳使（使令）裡理李起杞圮跂士仕俟始齒矣恥麂枳峙鯉邐氏璽巳（辰巳）滓苡倚匕迤邐旖旎艤蚍秕芷擬你企誄捶屣棰揣豸祉恃

【五尾】尾葦鬼豈卉幾（幾多）偉斐菲（菲薄）匪篚娓悱榧韙煒虺瑋蟣

【八薺】薺禮體米啓陛洗邸底抵弟坻柢涕悌濟（水名）澧醴詆眯娣遞呢睨蠡

【十賄】（半）】賄悔罪餒每塊匯（匯合）猥璀磊蕾傀儡腿

【四寘】寘置事地意志思（名詞）淚吏賜自字義利器位戲至次累（連累）偽寺睿智記異致備肆翠騎（車騎，名詞）使（使者）試類棄餌媚鼻易（容易）轡墜醉議翅避笥幟熾粹蒔誼帥廁寄睡忌貳萃穗二臂嗣吹（鼓吹，名詞）遂恣四驥季刺駟寐魅積（積蓄）被懿覬冀愧匱恚饋蕢簣櫃暨庇豉莉膩秘比（近也）鷙磬胔啻示嗜飼伺饋（饋遺）薏祟值惴屣皆詈企漬譬跛摯

燧隧悴尿稚雉莅悸肄泌識（記也）侍躓為（因為）
【五未】未味氣貴費沸尉畏慰蔚魏緯胃彙（字彙）謂渭卉（尾韻同）諱毅既衣（著衣，動詞）蜚溉（隊韻同）翡誹
【八霽】霽制計勢世麗歲濟（渡也）第藝惠慧幣弟滯際涕（薺韻同）曆契（契約）敝弊斃帝蔽髻銳戾裔袂系祭衛隸閉逝綴翳替細桂稅婿例誓筮蕙詣礪勵瘞噬繼脆睿毳曳蒂睇妻（以女妻人）遞逮薊蚋薜荔唳捩糲泥（拘泥）媲嬖彗睥睨劑嚏諦締剃屜悌儷鍥貰掣羿棣蟪薙娣說（遊說）贅憩鱖堯囈謎擠
【九泰（半）】會旆最貝沛霈繪膾薈狽儈蛻酹外兌
【十一隊（半）】隊內輩佩退碎背穢封廢悔誨晦昧配妹喙潰吠肺耒塊碓刈悖焙淬敦（盤敦）

第四部

平聲：六魚七虞通用

【六魚】魚漁初書舒居裾琚車（痳韻同）渠蕖餘予（我也）譽（動詞）輿胥狙鋤疏蔬梳虛噓墟徐豬閭廬驢諸儲除滁蜍如畬淤好苴菹沮徂齬茹櫚於袪蘧疽蛆醵紓樗躇（藥韻同）歟据（拮据）

【七虞】虞愚娛隅無蕪巫於衢疽瞿氍儒襦濡須需朱珠株誅硃銖蛛殊俞瑜榆愉逾渝窬諛腴區軀驅嶇趨扶符鳧芙雛敷麩夫膚紆輸樞廚俱駒模謨摹蒲逋胡湖瑚乎壺狐弧孤辜姑觚菰徒途塗荼圖屠奴吾梧吳租盧鱸爐蘆顱壚蚨孥帑蘇酥烏汙（汙穢）枯粗都茱侏姝禺拘嵎躕桴俘臾萸滹籲瓠糊醐呼沽酤瀘艫轤鸕駑匍蒲鋪（鋪蓋）菟誣嗚迂盂竽趺毋孺酴鴣骷刳蛄晡捕葫呱蝴劬殂猢郛孚

仄聲：上聲六語七麌　去聲六御七遇通用

【六語】語（語言）圉圄呂侶旅杼佇與（給予）予（賜予）渚煮暑鼠汝茹（食也）黍杵處（居住、處理）貯女許拒炬距所楚礎阻俎沮敘緒序嶼墅巨去（除也）苣舉詎溆滸鉅醑咀詛藇抒楮

【七麌】麌雨宇舞府鼓虎古股賈（商賈）估土吐圃庾戶樹（種植，動詞）煦詡努輔組乳弩補魯櫓睹腐敷（動詞）簿豎普侮斧聚午伍釜縷部柱矩武五苦取撫浦主杜塢祖愈堵扈父甫禹羽怒（遇韻同）腑拊俯罟賭滷姥鵡拄莽（養韻同）栩竇窶脯嫵廡否（是否）廛褸簍使僂酤牡譜怙肚踽虜拏詁瞽牯羖祜滬僱仵缶母某畝蠱琥

【六御】御處（處所）去慮譽（名詞）署據馭曙助絮著（顯著）箸豫恕輿與（參與）遽疏（書疏）庶預語（告也）踞倨蕷淤鋸覷狙（魚韻同）翥薯

【七遇】遇路輅賂露鷺樹（樹木）度（制度）渡賦布步固素具務霧鶩數（數量）怒（麌韻同）附兔故顧句墓慕暮募註住駐炷祚裕誤悟寤戍庫溝護屨訴妒懼趣娶鑄絝傅付諭喻嫗芋捕哺互孺寓赴冱吐（麌韻同）汙（動詞）惡（憎惡）晤煦酤訃仆（偃仆）賻駙婺錮蛀颶怖鋪（店鋪）塑愫蠹溯鍍璐僱瓠迕婦負阜副富（宥韻同）醋措

第五部

平聲：九佳（半）十灰（半）通用

【九佳（半）】佳街鞋牌柴釵差（差使）崖涯（支、痳韻同）偕階皆諧骸排乖懷淮豺儕埋霾齋槐（灰韻同）睚崽楷秸揩挨俳

【十灰（半）】開哀埃臺苔抬該才材財裁栽哉來萊災猜孩徠駘胎唉垓挨皚呆腮

仄聲：上聲九蟹十賄（半）

去聲九泰（半）十卦（半）十一隊（半）通用

【九蟹】蟹解灑楷（佳韻同）拐矮擺買駭

【十賄（半）】海改採彩在宰醢鎧愷待殆怠乃載（歲也）凱闓倍蓓迨亥

【九泰（半）】泰太帶外蓋大（個韻同）瀨賴籟蔡害藹艾丐奈柰汰癩靄

【十卦（半）】懈廨邂隘賣派債怪壞誡戒界介芥械薤拜快邁敗稗曬瀣湃寨疥屆薊簣蕢喟

瞶塊憒

【十一隊（半）】塞（邊塞）愛代載（載運）態菜礙戴貸黛概岱溉慨耐在（所在）鼐玳
再袋逮埭賚賽愾曖咳噯睞

第六部

平聲：十一真十二文十三元（半）通用

【十一真】真因茵辛新薪晨辰臣人仁神親申身賓濱檳繽鄰鱗麟珍瞋塵陳春津秦頻蘋顰瀕
銀垠筠巾囷民岷泯（軫韻同）瑉貧蓴淳醇純脣倫輪淪掄勻旬巡馴鈞均榛遵循甄宸綸椿鶉嶙轔
磷呻伸紳寅姻荀詢峋氤恂嬪彬皴娠閩紉湮肫逡菌臻豳

【十二文】文聞紋蚊雲分（分離）氛紛芬焚墳群裙君軍勤斤筋勳薰曛醺蕓耘芹欣氳葷汶
汾殷雯賁紜昕熏

【十三元（半）】魂渾溫孫門尊（樽）存敦墩燉暾蹲豚村屯囤（囤積）盆奔論（動詞）
昏痕根恩吞蓀捫褌昆鯤坤侖婚閽髡餛噴猻飩臀跟瘟飧

仄聲：上聲十一軫十二吻十三阮（半）
去聲十二震十三問十四願（半）通用

【十一軫】軫敏允引尹盡忍準隼筍盾（阮韻同）閔憫菌（真韻同）蚓牝殞緊蠢隕哂診疹
賑腎蜃臏黽泯窘吮縝

【十二吻】吻粉蘊憤隱謹近忿抆（問韻同）刎搵（願韻同）槿瑾惲韞

【十三阮（半）】混棍閫悃捆袞滾鯀穩本畚笨損忖囤遁很沌懇墾齦

【十二震】震信印進潤陣鎮刃順慎鬢晉駿閏峻釁振俊舜藎吝燼訊仞迅汛趁櫬僅覲藺浚賑
（軫韻同）亹認殯擯縉躪廑諄瞬韌浚殉饉

【十三問】問聞（名譽）運暈韻訓糞忿（吻韻同）醞郡分（名分）紊慍近（動詞）抆
（吻韻同）拼奮鄆捃靳

【十四願（半）】論（名詞）恨寸困頓遁（阮韻同）鈍悶遜嫩溷諢巽褪噴（元韻同）艮
搵（吻韻同）

第七部

平聲：十三元（半）十四寒十五刪一先通用

【十三元（半）】元原源沅黿圜袁猿垣煩蕃樊喧萱暄冤言軒藩媛援轅番繁翻幡璠鴛鵷蜿湲爰掀燔圈諼

【十四寒】寒韓翰（翰韻同）丹單安鞍難（艱難）餐檀壇灘彈殘乾肝竿闌欄瀾蘭看（翰韻同）刊丸完桓紈端湍酸團攢官觀（觀看）鸞鑾巒冠（衣冠）歡寬盤蟠漫（大水貌）歎邯鄲攤玕攔珊狻鼾桿蹣姍殫簞癉讕獾倌棺剜潘拚（問韻同）槃般蹣瘢磐瞞謾饅鰻鑽摶邗汗（可汗）

【十五刪】刪潸關彎灣還環鬟寰班斑蠻顏姦攀頑山閑艱間（中間）慳患（諫韻同）孱潺擐圜菅般（寒韻同）頒鬘疝訕斕嫻鷳鰥殷（赤黑色）綸（綸巾）

【一先】先前千阡箋天堅肩賢弦煙燕（地名）蓮憐連田填巔鬈宣年顛牽妍研（研究）眠淵涓捐娟邊編懸泉遷仙鮮（新鮮）錢煎然延筵氈旃蟬纏廛連篇偏綿全鐫穿川緣鳶旋船涎鞭專圓員乾（乾坤）虔愆權拳椽傳焉嫣韉褰搴鉛舷蹮鵑筌痊詮悛邅（銑韻同）禪嬋躔顓燃漣璉便

（安也）翩駢癲闐鈿（霰韻同）沿蜒胭芊編胼滇佃畋咽湮狷蠲蔫騫膻扇棉拴荃秈磚孿儇歡璿
卷（曲也）扁（扁舟）單（單于）濺（濺濺）犍

仄聲：上聲十三阮（半）十四旱十五潸十六銑

去聲十四願（半）十五翰十六諫十七霰通用

【十三阮（半）】阮遠（遠近）晚苑返反飯（動詞）偃蹇琬沅宛婉畹菀蜿綣巘挽堰

【十四旱】旱暖管琯滿短館（翰韻同）緩盌（翰韻同）碗懶傘伴卵散（散布）伴誕罕瀚
（浣）斷（斷絕）侃算（動詞）款但坦袒纂緞拌澣讕莞

【十五潸】潸眼簡版板阪盞產限綰柬揀撰饌赧皖汕鏟羼楝棧

【十六銑】銑善（善惡）遣（遣送）淺典轉（霰韻同）衍犬選冕輦免展繭辨篆勉剪捲顯
餞（霰韻同）踐喘蘚軟蹇（阮韻同）演兗件腆跣緬繾鮮（少也）殄扁匾蜆峴吠銑雋鍵泫癬闡
顫膳鱔舛娩𩏂澶（先韻同）臠辯撚

【十四願（半）】願怨萬飯（名詞）獻健建憲勸蔓券遠（動詞）侃鍵販畈曼挽（輓聯）
瑗媛圈（豬圈）

【十五翰】翰（寒韻同）瀚岸漢難（災難）斷（決斷）亂歎（寒韻同）覿（樓觀）幹

（樹幹，幹練）散（解散）旦算（名詞）玩爛貫半案按炭汗贊漫（寒韻同。又副詞，獨用）冠（冠軍）灌爨竄幔粲燦璨換煥喚渙悍彈（名詞）憚段看（寒韻同）判叛絆鸛伴畔鍛腕惋館旰捍疸但罐盥婉緞縵侃蒜鑽讕

【十六諫】諫雁患澗間（間隔）宦晏慢盼篡棧（潸韻同）慣串綻幻瓣莧辦謾訕（刪韻同）鏟綰孿篡襇扮

【十七霰】霰殿面縣變箭戟戰扇煽膳傳（傳記）見硯院練鏈燕宴賤饌薦絹彥掾便（便利）眷倦羨奠遍戀囀眩釧倩卞汴片禪（封禪）譴濺錢善（動詞）轉（以力轉動）卷（書卷）甸電咽茜單念（念書）眄澱靛佃鈿（先韻同）鏇漩揀繕現狷炫絢綻線煎選旋顫擅緣（衣飾）撰唁諺媛忭弁援研（同硯）

第八部

平聲：二蕭三肴四豪通用

【二蕭】蕭簫挑貂刁凋雕迢條髫調（調和）蜩梟澆聊遼寥撩寮僚堯宵消霄綃銷超朝潮囂

驕嬌蕉焦椒饒硝燒（焚燒）遙傜搖謠瑤韶昭招鑣瓢苗貓腰橋喬嬈妖飄逍蕭鴞驍祧鷦鷯繚獠嘹夭（夭夭）麼邀要（要求）姚樵譙憔檁飆嫖漂（漂浮）剽佻齠苕岧嶕嘵蹺僥了（明瞭）魈嶢描釗軺橈銚鷂翹楞僑窯礁

【三肴】肴巢交郊茅嘲鈔包膠苞梢姣庖匏坳敲胞拋蛟崤鵁鞘抄蝥咆哮凹淆教（使也）跑艄捎爻咬鐃茭炮（炮製）泡鮫刨抓

【四豪】豪勞毫操（操持）髦絛刀萄猱褒桃糟旄袍撓（巧韻同）蒿濤皋號（號呼）陶鼇曹遭羔糕高搔毛艘滔騷韜繅膏牢醪逃濠壕饕洮淘叨啕篙熬遨翱嗷臊嘷尻鏖螯獒敖旄漕嘈槽掏嘮澇撈癆芼（皓韻同）

仄聲：上聲十七筱十八巧十九皓
去聲十八嘯十九效二十號通用

【十七筱】筱小表鳥了（未了，了得）曉少（多少）擾繞紹杪沼眇矯皎杳窈窕嫋挑（挑撥）掉（嘯韻同）肇縹緲渺淼蔦趙兆繳繚（蕭韻同）夭（夭折）悄舀僥蓼嬈磽剿晁藐秒殍瞭（瞭望）

【十八巧】巧飽卯狡爪鮑撓（豪韻同）攪絞拗咬炒吵佼姣（肴韻同）昴茆獠（蕭韻同）

【十九皓】皓寶藻早棗老好（好醜）道稻造（造作）腦惱島倒（跌倒）禱（號韻同）搗抱討考燥掃（號韻同）嫂保鴇稿草昊浩鎬杲縞槁堡皂瑙媪燠襖懊葆褓芼（豪韻同）澡套澇蚤拷栲

【十八嘯】嘯笑照廟竅妙詔召邵要（重要）曜耀調（音調）釣吊叫眺少（老少）誚料療潦掉（筱韻同）嶠徼跳嘹漂鐐廖尿肖鞘悄（筱韻同）峭哨俏醮燎（筱韻同）鷂鷂轎驃票銚（蕭韻同）

【十九效】效教（教訓）貌校孝鬧豹罩棹覺（寤也）較窖爆炮（槍炮）泡（肴韻同）刨（肴韻同）稍鈔（肴韻同）拗敲（肴韻同）淖

【二十號】號（號令）帽報導操（操行）盜噪灶奧告（告訴）誥到蹈傲暴（強暴）好（愛好）勞（慰勞）躁造（造就）冒悼倒（顛倒）燥犒靠懊瑁燠（皓韻同）耄糙套（皓韻同）纛（沃韻同）潦耗

第九部

平聲：五歌獨用

【五歌】歌多羅河戈阿和（和平）波科柯陀娥蛾鵝蘿荷（荷花）何過（經過）磨（琢磨）螺禾珂蓑婆坡呵哥軻沱鼉拖駝跎佗（他）頗（偏頗）峨俄摩麼娑莎迦痾苛蹉嵯馱籮邏鑼哪挪鍋訶窠蝌髁倭渦窩訛陂鄱皤魔梭唆騾挼（個韻同）靴瘸搓哦痤酡

仄聲：上聲二十哿去聲二十一個通用

【二十哿】哿火舸郭舵我拖娜荷（負荷）可左果裹朵鎖瑣墮惰妥坐（坐立）裸跛頗（稍也）夥顆禍椏婀邏卵那坷爹（麻韻同）簸叵垛哆硪麼（歌韻同）峨（歌韻同）

【二十一個】個賀佐大（泰韻同）餓過（歌韻同。又過失，獨用）座和（唱和）挫課唾播破臥貨簸軻（轗軻）馱髁（歌韻同）磋作做剁磨（磨礱）懦糯縛銼挼（歌韻同）些（楚些）哪

第十部

平聲：九佳（半）六麻通用

【九佳（半）】佳涯（支麻韻同）媧蝸蛙娃哇

【六麻】麻花霞家茶華沙車（魚韻同）牙蛇瓜斜邪芽嘉瑕紗鴉遮叉奢涯（支、佳韻同）巴耶嗟遐加笳賒槎差（差錯）蟆驊蝦葭袈裟砂衙呀琶耙芭杷笆疤爬葩些（少也）佘鯊查楂渣爹撾吒拿椰珈跏枷迦痂茄椏丫啞劃嘩誇胯抓窪呱

仄聲：上聲二十一馬

去聲十卦（半）二十二禡通用

【二十一馬】馬下（上下）者野雅瓦寡社寫瀉夏（華夏）也把廈惹冶賈（姓賈）假（真假）且瑪姐舍喏赭灑嘏剮打耍那

【十卦（半）】卦掛畫（圖畫）

【二十二禡】禡駕夜下（降也）謝榭罷夏（春夏）霸暇灞嫁赦籍藉（憑藉）假（休假）蔗化舍（廬舍）價射罵稼架詐亞麝怕借卸帕壩靶鷓貰炙嗄乍吒詫侘罅嚇婭啞訝迓華（姓華）樺話胯（遇韻同）跨衩柘

第十一部

平聲：八庚九青十蒸通用

【八庚】庚更（更改）羹盲橫（縱橫）觥彭亨英烹平枰京驚荊明盟鳴榮瑩兵兄卿生甥笙牲擎鯨迎行（行走）衡耕萌甍巨集閎莖罌鶯櫻泓橙爭箏清情晴精睛菁晶旌盈楹瀛嬴贏營嬰纓貞成盛（盛受）城誠呈程酲聲徵正（正月）輕名令（使令）并（并州）傾縈瓊峰嶸撐粳坑鏗攖鸚黥蘅澎膨棚浜坪蘋鉦傖檠嚶轟錚猙寧獰瞪綳怦瓔砰氓鯖偵樫蟶笙禎煢瑩黌瞠

【九青】青經涇形陘亭庭廷霆蜓停丁仃馨星腥醒（醉醒）惺俜靈齡玲鈴伶零聽（徑韻同）冥溟銘瓶屏萍熒螢榮扃坰鶄蜻硎苓聆瓴翎娉婷寧暝瞑螟猩釘疔叮廳町泠欞囹羚蛉嚀型邢

【十蒸】蒸烝承丞懲陵淩綾菱冰膺鷹應（應當）蠅繩升繒徵乘（駕乘，動詞）勝（勝任）

興（興起）仍兢矜徵（徵求）稱（稱讚）登燈僧憎增曾矰層能朋鵬肱薨騰藤恆罾崩滕縢崚嶒
絚塍凴症簦瞢凝（徑韻同）棱楞

仄聲：上聲二十三梗二十四迥
去聲二十四敬二十五徑通用

【二十三梗】梗影景井嶺領境警請餅永騁逞穎潁頃整靜省幸頸郢猛丙炳杏秉耿礦冷靖哽
綆荇艋蜢皿儆悻婧阱猙（庚韻同）靚惺打癭併（合併，敬韻同）獷眚憬鯁
【二十四迥】迥炯茗挺艇梃醒（青韻同）酩酊並（並行，並且）等鼎頂肯拯謦剄溟
【二十四敬】敬命正（正直）令（命令）證性政鏡盛（茂盛）行（學行）聖詠姓慶映病
柄勁競靚淨竟孟諍更（更加）併（合併，梗韻同）聘硬炳泳進橫（蠻橫）摒阱檠迎鄭獍
【二十五徑】徑定聽勝（勝敗）罄磬應（答應）贈乘（名詞）佞鄧證秤稱（相稱）瑩
（庚韻同）孕興（興趣）剩凴（蒸韻同）逕甑寧脛瞑（夜也）釘（動詞）訂飣錠謦濘瞪蹭蹬
亙（亙古）鐙（鞍鐙）瀅甏磴涇

第十二部

平聲：十一尤獨用

【十一尤】尤郵優憂流旒留騮榴劉由油遊猷悠攸牛修羞秋周州洲舟酬讎柔儔疇籌稠丘邱抽瘳遒收鳩搜騶愁休囚求裘仇浮謀牟眸侔矛侯喉猴謳鷗樓陬偷頭投鉤溝幽糾啾楸虯躊綢惆勾婁琉疣猶鄒兜呦咻貅球蜉蝣輈幬鬮瘤硫瀏庥湫泅酋甌啁颼鍪篌摳篝謳骰僂漚（水泡，名詞）螻髏摟歐彪掊虯揉蹂抔不（與有韻「否」通）瓿繆（綢繆）

仄聲：上聲二十五有　去聲二十六宥通用

【二十五有】有酒首口母（麌韻同）婦（麌韻同）後柳友狗久負（麌韻同）厚手叟守否（麌韻同）右受牖偶走阜（虞、麌韻同）九後咎蔞吼帚垢舅紐藕朽臼肘韭畝（麌韻同）剖誘牡（麌韻同）缶酉苟醜糗扣叩某莠壽綬玖授蹂（尤韻同）揉（尤韻同）溲紂鈕扭嘔毆糾耦掊瓿拇姆擻綹抖陡蚪簍黝赳取（麌韻同）

【二十六宥】宥候就售（尤韻同）壽（有韻同）秀繡宿（星宿）奏獸漏富（遇韻同）陋狩晝寇茂舊胄宙袖岫柚覆復（又也）救廄臭佑右囿豆餖竇瘦漱咒究疚謬皺逅嗅溝溜鏤逗透驟又侑幼讀（句讀）堠僕副（遇韻同）鏽鷲繆縐灸籀酎詬蔻僦構扣購彀戊懋貿袤嗽湊鼬甃漚（動詞）

第十三部

平聲：十二侵獨用

【十二侵】侵尋潯臨林霖針箴斟沉心琴禽擒衾欽吟今襟（衿）金音陰岑簪（覃韻同）壬任（負荷）歆森禁（力所勝任）祲喑琛涔駸參（參差）忱淋妊摻參（人參）椹郴芩檎琳蟫（覃韻同）愔喑黔嶔

仄聲：上聲二十六寢　去聲二十七沁通用

【二十六寢】寢飲（飲食）錦品枕（枕衾）審甚（沁韻同）廩衽稔凜懍沈（姓氏）朕荏嬸瀋（瀋陽）甚稟噤諗怎恁鈓覃

【二十七沁】沁飲（使飲）禁（禁令）任（信任）蔭浸譖讖枕（動詞）噤甚（寢韻同）鴆賃喑滲窨妊

第十四部

平聲：十三覃十四鹽十五咸通用

【十三覃】覃潭參（參考）驂南楠男諳庵含涵函（包含）嵐蠶探貪耽眈龕堪談甘三酣柑慚藍攙簪（侵韻同）譚曇壇婪戡頷痰籃檻蚶憨泔聃邯蟫（侵韻同）

【十四鹽】鹽簷廉簾嫌嚴占（占卜）髯謙奩纖簽瞻蟾炎添兼縑沾尖潛閻鐮黏淹鉗甜恬拈

砭詹蒹瀸黔鈐僉覘崦漸鶼醃襜閹

【十五咸】咸函（書函）緘岩讒銜帆衫杉監（監察）凡饞芟攙喃嵌摻巉（韻同）

仄聲：上聲二十七感二十八儉二十九謙
去聲二十八勘二十九豔三十陷通用

【二十七感】感覽攬膽澹（淡、勘韻同）啖坎慘敢頷（覃韻同）撼毯糝湛菡萏罯槧喊嵌（咸韻同）橄欖

【二十八儉】儉焰斂（豔韻同）險檢臉染掩點簟貶冉苒陝陷儼閃剡忝（豔韻同）琰奄歉芡嶄塹漸（鹽韻同）罨撿弇崦玷

【二十九謙】檻範減艦犯湛巉（咸韻同）斬黯範

【二十八勘】勘暗濫啖擔憾暫三（再三）紺憨澹（咸韻同）瞰淡纜

【二十九豔】豔劍念驗塹瞻店占（占據）斂（聚斂）厭焰（儉韻同）墊欠僭釅瀲灩俺砭坫

【三十陷】陷鑒泛梵懺賺蘸嵌站餡

第十五部

入聲：一屋二沃通用

【一屋】屋木竹目服福祿穀熟肉族鹿漉腹菊陸軸逐苜蓿宿（住宿）牧伏夙讀（讀書）犢瀆櫝黷轂復（恢復）粥肅碌鬻育六縮哭幅斛戮僕畜蓄叔淑倏獨蔔馥沐速祝麓轆鏃蹙築穆睦禿縠覆輻瀑郁舳掬踘蹴踢茯袱鵩鴿髑槲撲匐簌蔟煜複（複雜）蝠菔孰塾蠹竺曝鞠嗾謖篚國（職韻同）副

【二沃】沃俗玉足曲粟燭屬錄辱獄綠毒局欲束鵠蜀促觸續浴酷躅褥旭欲篤督贖淥纛礡北（職韻同）矚囑勖溽縟梏

第十六部

入聲：三覺十藥通用

【三覺】覺（知覺）角桷榷岳樂（音樂）捉朔數（次數）卓啄琢剝駁雹璞樸殼確濁擢濯渥幄握學齷齪槊搦鐲喔邈犖

【十藥】藥薄惡（善惡）作樂（哀樂）落閣鶴爵弱約腳雀幕洛壑索郭錯躍若酌托削鐸鑿箔鵲諾萼度（測度）橐翁鑰龠瀹著著（同着）虐掠獲穫（收穫）泊搏藿嚼勺瘧廓綽霍鑊莫籜縛貉各略駱寞膜鄂博昨柝格拓轢鑠爍灼瘧蒻箬芍躇卻噱矍攫醵踱魄酪絡烙珞膊粕簿柞漠摸酢怍涸郝堊諤鱷噩鍔顎繳擴槨陌（陌韻同）

第十七部

入聲：四質十一陌十二錫十三職十四緝通用

【四質】質日筆出室實疾術一乙壹吉秩率律逸佚失漆慄畢恤密蜜桔溢瑟膝匹述黜弼蹕七叱卒（終也）虱悉戌嫉帥（動詞）蒺侄躓怵蟋篳篥必泌蓽秫櫛唧帙溧謐昵軼聿詰耋垤捽（月韻同）茁鷸鷸窒苾

【十一陌】陌石客白澤伯跡宅席策冊碧籍（典籍）格役帛戟璧驛麥額柏魄積（積聚）脈夕液尺隙逆畫（動詞）百闢赤易（變易）革脊翮屐獲（獵獲）適索厄隔益窄核舄擲責坼惜癖僻掖腋釋譯嶧擇摘弈奕迫疫昔赫瘠謫亦碩貊蹠鶺磧蹐只炙（動詞）躑斥穸鬲骼舶珀嚇薺磔拆喀蚱舴劇檗擘柵嘖幘簀扼劃蜴闢幗蟈刺脊汐藉螫摭嬖虢啞（笑聲）繹射（音亦）

【十二錫】錫壁曆櫪擊績勣笛敵滴鏑檄激寂覿溺覓狄荻冪戚鷁滌的吃瀝靂霹惕剔礫翟糴倜析晰淅蜥劈甓嫡轢櫟鬩葯踢迪晳裼逖蜆（屑韻同）闃汨（汨羅江）

【十三職】職國德食（飲食）蝕色力翼墨極殛息熄直值得北黑側賊飾刻則塞（閉塞）式軾域蜮殖植敕亟棘惑忒默織匿慝億憶臆薏特勒肋幅仄昃稷識（知識）逼克即唧（質韻同）弋

拭陟惻測翊洫嗇穡鯽抑或匐（屋韻同）

【十四緝】緝輯戢立集邑急入泣濕習給十拾襲及級澀楫（葉韻同）粒汁蟄執笠隰汲吸縶挹浥悒岌熠葺什芨廿揖煜（屋韻同）歙笈（葉韻同）圾褶翕

第十八部

入聲：五物六月七曷八黠九屑十六葉通用

【五物】物佛拂屈鬱（馥鬱，鬱鬱乎文哉）乞掘（月韻同）吃（口吃）訖紱弗勿迄不佛綍沸茀厥倔黻崛尉蔚契屹熨（未韻同）紱

【六月】月骨發闕越謁沒伐罰卒（士卒）竭窟笏鉞歇突忽襪日閥筏鶻（黠韻同）厥（物韻同）蹶蕨歿橛掘（物韻同）核蠍勃渤悖（隊韻同）孛揭（屑韻同）碣粵樾鱖脖餑鵓捽（質韻同）猝惚兀訥羯凸咄（曷韻同）矻

【七曷】曷達末闊鉢脫奪褐割沫拔（挺拔）葛闥渴撥豁括抹遏撻跋撮潑秣掇（屑韻同）聒獺（黠韻同）剌喝磕櫱瘌襪活鴰斡怛鈸捋

【八黠】黠拔（拔擢）八察殺剎軋戛瞎刮刷滑轄鍛猾捌叭箚榝帕茁鶻揠薩捺

【九屑】屑節雪絕列烈結穴說血舌潔別缺裂熱決鐵滅折拙切悅轍訣泄鍥咽（嗚咽）軼噎微澈哲鷩設齧劣玦截竊孽浙孑桔頡拮擷揭褐（曷韻同）纈碣（月韻同）挈抉褻薛拽爇洌瞥疊跌閱饕耋垤揑頁闋觖譎鴂撇蹩篾楔惙輟啜綴撤絏傑桀涅霓蜆（齊、錫韻同）批（齊韻同）

【十六葉】葉帖貼牒接獵妾蝶疊篋愜涉鬣捷頰楫（緝韻同）聶攝懾鑷躡協俠莢挾鋏浹睫厭靨蹀躞燮摺輒婕諜堞霎囁喋碟鰈撚曄躐笈（緝韻同）

第十九部

入聲：十五合十七洽通用

【十五合】合塔答納榻閤雜臘匝闔蛤衲遝鴿踏拓拉盍塌咂盒卅搭褡颯磕榼遢蹋蠟溘邋趿

【十七洽】洽狹峽法甲業鄴匣壓鴨乏怯劫脅插鍤押狎夾恰蛺硤掐箚袷眨胛呷歃閘霎（葉韻同）

笠翁對韻

〔清〕李漁

《笠翁對韻》是一本講對仗的小書，裡面例句整齊、生動，能讓我們熟悉對仗的特點，體會對仗的樂趣，對於讀詩寫詩很有幫助。而且，書中篇目按《平水韻》排列，即篇內是押韻的，而且都押這一個韻的字。這樣一來，不僅熟悉了對仗，還熟悉了詩韻，可謂一舉兩得。

一東

天對地，雨對風。大陸對長空。山花對海樹，赤日對蒼穹。雷隱隱，霧濛濛。日下對天中。風高秋月白，雨霽晚霞紅。牛女二星河左右，參商兩曜鬥西東。十月塞邊，颯颯寒霜驚戍旅；三冬江上，漫漫朔雪冷漁翁。

河對漢，綠對紅。雨伯對雷公。煙樓對雪洞，月殿對天宮。雲靉靆，日曈曚。蠟屐對漁篷。過天星似箭，吐魄月如弓。驛旅客逢梅子雨，池亭人挹藕花風。茅店村前，皓月墜林雞唱韻；板橋路上，青霜鎖道馬行蹤。

山對海，華對嵩。四岳對三公。宮花對禁柳，塞雁對江龍。清暑殿，廣寒宮。拾翠對題紅。莊周夢化蝶，呂望兆飛熊。北牖當風停夏扇，南簾曝日省冬烘。鶴舞樓頭，玉笛弄殘仙子月；鳳翔台上，紫簫吹斷美人風。

二冬

晨對午，夏對冬。下晌對高春。青春對白晝，古柏對蒼松。垂釣客，荷鋤翁。仙鶴對神龍。鳳冠珠閃爍，螭帶玉玲瓏。三元及第才千頃，一品當朝祿萬鍾。花萼樓前，仙李盤根調國脈；沉香亭畔，嬌楊擅寵起邊風。

清對淡，薄對濃。暮鼓對晨鐘。山茶對石菊，煙鎖對雲封。金菡萏，玉芙蓉。綠綺對青鋒。早湯先宿酒，晚食繼朝饔。唐庫金錢能化蝶，延津寶劍會成龍。巫峽浪傳，雲雨荒唐神女廟；岱宗遙望，兒孫羅列丈人峰。

繁對簡，疊對重。意懶對心慵。仙翁對釋伴，道範對儒宗。花灼灼，草茸茸。浪蝶對狂蜂。數竿君子竹，五樹大夫松。高皇滅項憑三傑，虞帝承堯殛四凶。內苑佳人，滿地風光愁不盡；邊關過客，連天煙草憾無窮。

三江

奇對偶，隻對雙。大海對長江。金盤對玉盞，寶燭對銀缸。朱漆檻，碧紗窗。舞調對歌腔。興漢推馬武，諫夏著龍逄。四收列國群王伏，三築高城眾敵降。跨鳳登台，瀟灑仙姬秦弄玉；斬蛇當道，英雄天子漢劉邦。

顏對貌，像對龐。步輦對徒杠。停針對擱竺，意懶對心降。燈閃閃，月幢幢。攬轡對飛艎。柳堤馳駿馬，花院吠村尨。酒量微熏瓊杏頰，香塵沒印玉蓮雙。詩寫丹楓，韓女幽懷流節水；淚彈斑竹，舜妃遺憾積湘江。

四支

泉對石，幹對枝。吹竹對彈絲。山亭對水榭，鸚鵡對鸕鷀。五色筆，十香詞。潑墨對傳卮。神奇韓幹畫，雄渾李陵詩。幾處花街新奪錦，有人香徑淡凝脂。萬里烽煙，戰士邊頭爭保塞；一犁膏雨，農夫村外盡乘時。

俎對醢，賦對詩。點漆對描脂。璠簪對珠履，劍客對琴師。沽酒價，買山資。國色對仙姿。晚霞明似錦，春雨細如絲。柳絆長堤千萬樹，花橫野寺兩三枝。紫蓋黃旗，天象預占江左地；青袍白馬，童謠終應壽陽兒。

箴對贊，缶對卮。螢炤對蠶絲。輕裾對長袖，瑞草對靈芝。流涕策，斷腸詩。喉舌對腰肢。雲中熊虎將，天上鳳凰兒。禹廟千年垂桔柚，堯階三尺覆茅茨。湘竹含煙，腰下輕紗籠玳瑁；海棠經雨，臉邊清淚濕胭脂。

爭對讓，望對思。野葛對山梔。仙風對道骨，天造對人為。專諸劍，博浪椎。經緯對干支。位尊民物主，德重帝王師。望切不妨人去遠，心忙無奈馬行遲。金屋閉來，賦乞茂陵題柱筆；玉樓成後，記須昌谷負囊詞。

五微

賢對聖，是對非。覺奧對參微。魚書對雁字，草舍對柴扉。雞曉唱，雉朝飛。紅瘦對綠肥。舉杯邀月飲，騎馬踏花歸。黃蓋能成赤壁捷，陳平善解白登危。太白書堂，瀑泉垂地三千尺；孔明祀廟，老柏參天四十圍。

戈對甲，幄對帷。蕩蕩對巍巍。嚴灘對邵圃，靖菊對夷薇。占鴻漸，采鳳飛。虎榜對龍旗。心中羅錦繡，口內吐珠璣。寬宏豁達高皇量，叱吒喑啞霸王威。滅項興劉，狡兔盡時走狗死；連吳拒魏，貔貅屯處臥龍歸。

衰對盛，密對稀。祭服對朝衣。雞窗對雁塔，秋榜對春闈。烏衣巷，燕子磯。久別對初歸。天姿真窈窕，聖德實光輝。蟠桃紫闕來金母，嶺荔紅塵進玉妃。霸王軍營，亞父丹心撞玉斗；長安酒市，謫仙狂興換銀龜。

六魚

羹對飯，柳對榆。短袖對長裾。雞冠對鳳尾，芍藥對芙蕖。周有若，漢相如。王屋對匡廬。月明山寺遠，風細水亭虛。壯士腰間三尺劍，男兒腹內五車書。疏影暗香，和靖孤山梅蕊放；輕陰清晝，淵明舊宅柳條舒。

吾對汝，爾對余。選授對升除。書箱對藥櫃，耒耜對耰鋤。參雖魯，回不愚。閥閱對閻閭。諸侯千乘國，命婦七香車。穿雲採藥聞仙犬，踏雪尋梅策蹇驢。玉兔金烏，二氣精靈為日月；洛龜河馬，五行生剋在圖書。

欹對正，密對疏。囊橐對苞苴。羅浮對壺嶠，水曲對山紆。驂鶴駕，待鸞輿。傑溺對長沮。搏虎卞莊子，當熊馮婕妤。南陽高士吟梁父，西蜀才人賦子虛。三徑風光，白石黃花供杖履；五湖煙景，青山綠水在樵漁。

七虞

紅對白，有對無。布穀對提壺。毛錐對羽扇，天闕對皇都。謝蝴蝶，鄭鷓鴣。蹈海對歸湖。花肥春雨潤，竹瘦晚風疏。麥飯豆糜終創漢，蓴羹鱸鱠竟歸吳。琴調輕彈，楊柳月中潛去聽；酒旗斜掛，杏花村裡共來沽。

羅對綺，茗對蔬。柏秀對松枯。中元對上巳，返璧對還珠。雲夢澤，洞庭湖。玉燭對冰壺。蒼頭犀角帶，綠鬢象牙梳。松陰白鶴聲相應，鏡裡青鸞影不孤。竹戶半開，對牖不知人在否；柴門深閉，停車還有客來無。

賓對主，婢對奴。寶鴨對金鳧。升堂對入室，鼓瑟對投壺。覘合璧，頌聯珠。提甕對當壚。仰高紅日近，望遠白雲孤。歆向秘書窺二酉，機雲芳譽動三吳。祖餞三杯，老去常斟花下酒；荒田五畝，歸來獨荷月中鋤。

君對父，魏對吳。北嶽對西湖。菜蔬對茶飯，苣筍對菖蒲。梅花數，竹葉符。廷議對山呼。兩都班固賦，八陣孔明圖。田慶紫荊堂下茂，王裒青柏墓前枯。出塞中郎，羝有乳時歸漢室；質秦太子，馬生角日返燕都。

八齊

鸞對鳳，犬對雞。塞北對關西。長生對益智，老幼對旄倪。頒竹策，剪桐圭。剝棗對蒸梨。綿腰如弱柳，嫩手似柔荑。狡兔能穿三穴隱，鷦鷯權借一枝棲。用里先生，策杖垂紳扶少主；於陵仲子，闢纑織屨賴賢妻。

鳴對吠，泛對棲。燕語對鶯啼。珊瑚對瑪瑙，琥珀對玻璃。絳縣老，伯州犁。測蠡對燃犀。榆槐堪作蔭，桃李自成蹊。投巫救女西門豹，賃浣逢妻百里奚。闕里門牆，陋巷規模原不陋；隋堤基址，迷樓蹤跡亦全迷。

越對趙，楚對齊。柳岸對桃溪。紗窗對繡戶，畫閣對香閨。修月斧，上天梯。蝀對虹霓。行樂遊春圃，工諛病夏畦。李廣不封空射虎，魏明得立為存麑。按轡徐行，細柳功成勞王敬；聞聲稍臥，臨涇名震止兒啼。

九佳

門對戶，陌對街。枝葉對根荄。鬥雞對揮麈，鳳髻對鸞釵。登楚岫，渡秦淮。子犯對夫差。石鼎龍頭縮，銀箏雁翅排。百年詩禮延餘慶，萬里風雲入壯懷。能辨名倫，死矣野哉悲季路；不由徑竇，生乎愚也有高柴。

冠對履，襪對鞋。海角對天涯。雞人對虎旅，六市對三街。陳俎豆，戲堆埋。皎皎對皚皚。賢相聚東閣，良朋集小齋。夢裡山川書越絕，枕邊風月記齊諧。三徑蕭疏，彭澤高風怡五柳；六朝華貴，琅琊佳氣種三槐。

勤對儉，巧對乖。水榭對山齋。冰桃對雪藕，漏箭對更牌。寒翠袖，貴荊釵。慷慨對詼諧。竹徑風聲籟，花溪月影篩。攜囊佳韻隨時貯，荷鋤沉酣到處埋。江海孤蹤，雲浪風濤驚旅夢；鄉關萬里，煙巒雲樹切歸懷。

杞對梓，檜對楷。水泊對山崖。舞裙對歌袖，玉陛對瑤階。風入袂，月盈懷。虎兕對狼豺。馬融堂上帳，羊侃水中齋。北面黌宮宜拾芥，東巡岱畤定燔柴。錦纜春江，橫笛洞簫通碧落；華燈夜月，遺簪墮翠遍香街。

十灰

春對夏，喜對哀。大手對長才。風清對月朗，地闊對天開。遊閬苑，醉蓬萊。七政對三台。青龍壺老杖，白燕玉人釵。香風十里望仙閣，明月一天思子台。玉橘冰桃，王母幾因求道降；蓮舟藜杖，真人原為讀書來。

朝對暮，去對來。庶矣對康哉。馬肝對雞肋，杏眼對桃腮。佳興適，好懷開。朔雪對春雷。雲移鳷鵲觀，日曬鳳凰台。河邊淑氣迎芳草，林下輕風待落梅。柳媚花明，燕語鶯聲渾是笑；松號柏舞，猿啼鶴唳總成哀。

忠對信，博對賅。忖度對疑猜。香消對燭暗，鵲喜對蛩哀。金花報，玉鏡檯。倒斝對銜杯。岩巔橫老樹，石磴覆蒼苔。雪滿山中高士臥，月明林下美人來。綠柳沿堤，皆因蘇子來時種；碧桃滿觀，盡是劉郎去後栽。

十一真

蓮對菊，鳳對麟。濁富對清貧。漁莊對佛舍，松蓋對花茵。蘿月叟，葛天民。國寶對家珍。草迎金埒馬，花醉玉樓人。巢燕三春嘗喚友，塞鴻八月始來賓。古往今來，誰見泰山曾作礪；天長地久，人傳滄海幾揚塵。

兄對弟，吏對民。父子對君臣。勾丁對甫甲，赴卯對同寅。折桂客，簪花人。四皓對三仁。王喬雲外舄，郭泰雨中巾。人交好友求三益，士有賢妻備五倫。文教南宣，武帝平蠻開百越；義旗西指，韓侯扶漢卷三秦。

申對午，侃對誾。阿魏對茵陳。楚蘭對湘芷，碧柳對青筠。花馥馥，葉蓁蓁。粉頸對朱脣。曹公奸似鬼，堯帝智如神。南阮才郎差北富，東鄰醜女效西顰。色豔北堂，草號忘憂憂甚事；香濃南國，花名含笑笑何人。

十二文

憂對喜，戚對欣。二典對三墳。佛經對仙語，夏耨對春耘。烹早韭，剪春芹。暮雨對朝雲。竹間斜白接，花下醉紅裙。掌握靈符五嶽籙，腰懸寶劍七星紋。金鎖未開，上相趨聽宮漏永；珠簾半卷，群僚仰對御爐薰。

詞對賦，懶對勤。類聚對群分。鸞簫對鳳笛，帶草對香芸。燕許筆，韓柳文。舊話對新聞。赫赫周南仲，翩翩晉右軍。六國說成蘇子貴，兩京收復郭公勛。漢闕陳書，侃侃忠言推賈誼；唐廷對策，岩岩直諫有劉蕡。

言對笑，績對勛。鹿豕對羊羵。星冠對月扇，把袂對書裙。湯事葛，說興殷。蘿月對松雲。西池青鳥使，北塞黑鴉軍。文武成康為一代，魏吳蜀漢定三分。桂苑秋宵，明月三杯邀曲客；松亭夏日，薰風一曲奏桐君。

十三元

卑對長，季對昆。永巷對長門。山亭對水閣，旅舍對軍屯。揚子渡，謝公墩。德重對年尊。承乾對出震，疊坎對重坤。志士報君思犬馬，仁王養老察雞豚。遠水平沙，有客泛舟桃葉渡；斜風細雨，何人攜榼杏花村。

君對相，祖對孫。夕照對朝曛。蘭台對桂殿，海島對山村。碑墮淚，賦招魂。報怨對懷恩。陵埋金吐氣，田種玉生根。相府珠簾垂白晝，邊城畫角對黃昏。楓葉半山，秋去煙霞堪倚杖；梨花滿地，夜來風雨不開門。

十四寒

家對國，治對安。地主對天官。坎男對離女，周誥對殷盤。三三暖，九九寒。杜撰對包彈。古壁蛩聲匝，閒亭鶴影單。燕出簾邊春寂寂，鶯聞枕上漏珊珊。池柳煙飄，日夕郎歸青鎖闥；砌花雨過，月明人倚玉欄干。

肥對瘦，窄對寬。黃犬對青鸞。指環對腰帶，洗鉢對投竿。誅佞劍，進賢冠。畫棟對雕欄。雙垂白玉箸，九轉紫金丹。陝右棠高懷召伯，河南花滿憶潘安。陌上芳春，弱柳當風披綵線；池中清曉，碧荷承露捧珠盤。

行對臥，聽對看。鹿洞對魚灘。蛟騰對豹變，虎踞對龍蟠。風凜凜，雪漫漫。手辣對心酸。鶯鶯對燕燕，小小對端端。藍水遠從千澗落，玉山高並兩峰寒。至聖不凡，嬉戲六齡陳俎豆；老萊大孝，承歡七衮舞斑襴。

十五刪

林對塢，嶺對巒。晝永對春閒。謀深對望重，任大對投艱。裾裊裊，佩珊珊。守塞對當關。密雲千里合，新月一鈎彎。叔寶君臣皆縱逸，重華父母是嚚頑。名動帝畿，西蜀三蘇來日下；壯遊京洛，東吳二陸起雲間。

臨對仿，吝對慳。討逆對平蠻。忠肝對義膽，霧鬢對雲鬟。埋筆塚，爛柯山。月貌對天顏。龍潛終得躍，鳥倦亦知還。隴樹飛來鸚鵡綠，池筠密處鷓鴣斑。秋露橫江，蘇子月明遊赤壁；凍雲迷嶺，韓公雪擁過藍關。

一先

寒對暑，日對年。蹴踘對秋千。丹山對碧水，淡雨對覃煙。歌宛轉，貌嬋娟。雪鼓對雲箋。荒蘆棲南雁，疏柳噪秋蟬。洗耳尚逢高士笑，折腰肯受小兒憐。郭泰泛舟，折角半垂梅子雨；山濤騎馬，接䍦倒看杏花天。

輕對重，肥對堅。碧玉對青錢。郊寒對島瘦，酒聖對詩仙。依玉樹，步金蓮。鑿井對耕田。杜甫清宵立，邊韶白晝眠。豪飲客吞波底月，酣遊人醉水中天。鬥草青郊，幾行寶馬嘶金勒；看花紫陌，千里香車擁翠鈿。

吟對詠，授對傳。樂矣對凄然。風鵬對雪雁，董杏對周蓮。春九十，歲三千。鐘鼓對管弦。入山逢宰相，無事即神仙。霞映武陵桃淡淡，煙荒隋堤柳綿綿。七碗月團，啜罷清風生腋下；三杯雲液，飲餘紅雨暈腮邊。

中對外，後對先。樹下對花前。玉柱對金屋，疊嶂對平川。孫子策，祖生鞭。盛席對華筵。解醉知茶力，消愁識酒權。絲剪芰荷開東沼，錦妝鳧雁泛溫泉。帝女銜石，海中遺魄為精衛；蜀王叫月，枝上遊魂化杜鵑。

二蕭

琴對管，斧對瓢。水怪對花妖。秋聲對春色，白縑對紅綃。臣五代，事三朝。斗柄對弓腰。醉客歌金縷，佳人品玉簫。風定落花閒不掃，霜餘殘葉濕難燒。千載興周，尚父一竿投渭水；百年霸越，錢王萬弩射江潮。

榮對悴，夕對朝。露地對雲霄。商彝對周鼎，殷濩對虞韶。樊素口，小蠻腰。六詔對三苗。朝天車奕奕，出塞馬蕭蕭。公子幽蘭重泛舸，王孫芳草正聯鑣。潘岳高懷，曾向秋天吟蟋蟀；王維清興，嘗於雪夜畫芭蕉。

耕對讀，牧對樵。琥珀對瓊瑤。兔毫對鴻爪，桂楫對蘭橈。魚潛藻，鹿藏蕉。水遠對山遙。湘靈能鼓瑟，嬴女解吹簫。雪點寒梅橫小院，風吹弱柳覆平橋。月牖通宵，絳蠟罷時光不減；風簾當晝，雕盤停後篆難消。

三肴

詩對禮，卦對爻。燕引對鶯調。晨鐘對暮鼓，野饌對山肴。雉方乳，鵲始巢。猛虎對神獒。疏星浮荇葉，皓月上松梢。為邦自古推瑚璉，從政於今愧斗筲。管鮑相知，能交忘形膠漆友；藺廉有隙，終為刎頸死生交。

歌對舞，笑對嘲。耳語對神交。焉烏對亥豕，獺髓對鸞膠。宜久敬，莫輕拋。一氣對同胞。祭遵甘布被，張祿念綈袍。花徑風來逢客訪，柴扉月到有僧敲。夜雨園中，一顆不雕王子柰；秋風江上，三重曾卷杜公茅。

衙對舍，廩對庖。玉磬對金鐃。竹林對梅嶺，起鳳對騰蛟。鮫綃帳，獸錦袍。露果對風梢。揚州輸橘柚，荊土貢菁茅。斷蛇埋地稱孫叔，渡蟻作橋識宋郊。好夢難成，蛩響階前偏唧唧；良朋遠到，雞聲窗外正嘐嘐。

四豪

茭對茨，荻對蒿。山麓對江皋。鶯簧對蝶板，麥浪對桃濤。騏驥足，鳳凰毛。美譽對嘉褒。文人窺蠹簡，學士書兔毫。馬援南征載薏苡，張騫西使進葡萄。辯口懸河，萬語千言常亹亹；詞源倒峽，連篇累牘自滔滔。

梅對杏，李對桃。棫樸對旌旄。酒仙對詩史，德澤對恩膏。懸一榻，夢三刀。拙逸對貴勞。玉堂花燭繞，金殿月輪高。孤山看鶴盤雲下，蜀道聞猿向月號。萬事從人，有花有酒應自樂；百年皆客，一丘一壑盡吾豪。

台對省，署對曹。分袂對同胞。鳴琴對擊劍，返轍對回艚。良借箸，操提刀。香茶對醇醪。滴泉歸海大，簣土積山高。石室客來煎雀舌，畫堂賓至飲羊羔。被謫賈生，湘水淒涼吟鵩鳥；遭讒屈子，江潭憔悴著離騷。

五歌

微對巨，少對多。直幹對平柯。蜂媒對蝶使，雨笠對煙蓑。眉淡掃，面微酡。妙舞對清歌。輕衫裁夏葛，薄袂剪春羅。將相兼行唐李靖，霸王雜用漢蕭何。月本陰精，豈有羿妻曾竊藥；星為夜宿，浪傳織女漫投梭。

慈對善，虐對苛。縹緲對婆娑。長楊對細柳，嫩蕊對寒莎。追風馬，挽日戈。玉液對金波。紫詔銜丹鳳，黃庭換白鵝。畫閣江城梅作調，蘭舟野渡竹為歌。門外雪飛，錯認空中飄柳絮；岩邊瀑響，誤疑天半落銀河。
松對竹，荇對荷。薜荔對藤蘿。梯雲對步月，樵唱對漁歌。升鼎雉，聽經鵝。北海對東坡。吳郎哀廢宅，邵子樂行窩。麗水良金皆待冶，崑山美玉總須磨。雨過皇州，琉璃色燦華清瓦；風來帝苑，荷芰香飄太液波。
籠對檻，巢對窩。及第對登科。冰清對玉潤，地利對人和。韓擒虎，榮駕鵝。青女對素娥。破頭朱泚笏，折齒謝鯤梭。留客酒杯應恨少，動人詩句不須多。綠野凝煙，但聽村前雙牧笛；滄江積雪，惟看灘上一漁蓑。

六麻

清對濁，美對嘉。鄙吝對矜誇。花鬚對柳眼，屋角對檐牙。志和宅，博望槎。秋實對春華。乾爐烹白雪，坤鼎煉丹砂。深宵望冷沙場月，邊塞聽殘野戍笳。滿院松風，鐘聲隱隱為僧舍；半窗花月，錫影依依是道家。
雷對電，霧對霞。蟻陣對蜂衙。寄梅對懷橘，釀酒對烹茶。宜男草，益母花。楊柳對蒹葭。班姬辭帝輦，蔡琰泣胡笳。舞榭歌樓千萬尺，竹籬茅舍三兩家。珊枕半床，月明時夢飛塞外；銀箏一奏，花落處人在天涯。

圓對缺，正對斜。笑語對咨嗟。沈腰對潘鬢，孟筍對盧茶。百舌鳥，兩頭蛇。帝里對仙家。堯仁敷率土，舜德被流沙。橋上授書曾納履，壁問題句已籠紗。遠塞迢迢，露磧風沙何可極；長沙渺渺，雪濤煙浪信無涯。

疏對密，樸對華。義鶻對慈鴉。鶴群對雁陣，白苧對黃麻。讀三到，吟八叉。肅靜對喧嘩。圍棋兼把釣，沉李並浮瓜。羽客片時能煮石，狐禪千劫似蒸沙。黨尉粗豪，金帳籠香斟美酒；陶生清逸，銀鐺融雪啜團茶。

七陽

台對閣，沼對塘。朝雨對夕陽。遊人對隱士，謝女對秋娘。三寸舌，九迴腸。玉液對瓊漿。秦皇照膽鏡，徐肇返魂香。青萍夜嘯芙蓉匣，黃卷時攤薜荔床。元亨利貞，天地一機成化育；仁義禮智，聖賢千古立綱常。

紅對白，綠對黃。晝永對更長。龍飛對鳳舞，錦纜對牙檣。雲弁使，雪衣娘。故國對他鄉。雄文能徙鱷，豔曲為求凰。九日高峰驚落帽，暮春曲水喜流觴。僧占名山，雲繞茂林藏古殿；客棲勝地，風飄落葉響空廊。

衰對壯，弱對強。豔飾對新妝。御龍對司馬，破竹對穿楊。讀班馬，識求羊。水色對山光。仙棋藏綠橘，客枕夢黃粱。池草入詩因有夢，海棠帶恨為無香。風起畫堂，簾箔影翻青荇沼；月斜金井，轆轤聲度碧梧牆。

臣對子，帝對王。日月對風霜。烏台對紫府，雪牖對雲房。香山社，晝錦堂。蔀屋對岩廊。芬椒涂內壁，文杏飾高梁。貧女幸分東壁影，幽人高臥北窗涼。繡閣探春，麗日半籠青鏡色；水亭醉夏，薰風常透碧筒香。

八庚

形對貌，色對聲。夏邑對周京。江雲對澗樹，玉罄對銀箏。人老老，我卿卿。曉燕對春鶯。玄霜春玉杵，白露貯金莖。賈客君山秋弄笛，仙人緱嶺夜吹笙。帝業獨興，盡道漢高能用將；父書空讀，誰言趙括善知兵。

功對業，性對情。月上對雲行。乘龍對附驥，閬苑對蓬瀛。春秋筆，月旦評。東作對西成。隋珠光照乘，和璧價連城。三箭三人唐將勇，一琴一鶴趙公清。漢帝求賢，詔訪嚴灘逢故舊；宋廷優老，年尊洛社重耆英。

昏對旦，晦對明。久雨對新晴。蓼灣對花港，竹友對梅兄。黃石叟，丹丘生。犬吠對雞鳴。暮山雲外斷，新水月中平。半榻清風宜午夢，一犁好雨趁春耕。王旦登庸，誤我十年遲作相；劉蕡不第，愧他多士早成名。

九青

庚對甲，巳對丁。魏闕對彤庭。梅妻對鶴子，珠箔對銀屏。鴛浴沼，鷺飛汀。鴻雁對鶺鴒。人間壽者相，天上老人星。八月好修攀桂斧，三春須繫護花鈴。江閣憑臨，一水淨連天際碧；石欄閒倚，群山秀向雨餘青。

危對亂，泰對寧。納陛對趨庭。金盤對玉箸，泛梗對浮萍。群玉圃，眾芳亭。舊典對新型。騎牛閒讀史，牧豕自橫經。秋首田中禾穎重，春餘園內菜花馨。旅次淒涼，塞月江風皆慘淡；筵前歡笑，燕歌趙舞獨娉婷。

十蒸

萍對蓼，莆對菱。雁弋對魚罾。齊紈對魯綺，蜀錦對吳綾。星漸沒，日初升。九聘對三征。蕭何曾作吏，賈島昔為僧。賢人視履循規矩，大匠揮斤校準繩。野渡春風，人喜乘潮移酒舫；江天暮雨，客愁隔岸對漁燈。

談對吐，謂對稱。冉閔對顏曾。侯嬴對伯嚭，祖逖對孫登。拋白紵，宴紅綾。勝友對良朋。爭名如逐鹿，謀利似趨蠅。仁傑姨漸周不仕，王陵母識漢方興。句寫窮愁，浣花寄跡傳工部；詩吟變亂，凝碧傷心嘆右丞。

十一尤

榮對辱，喜對憂。繾綣對綢繆。吳娃對越女，野馬對沙鷗。茶解渴，酒消愁。白眼對蒼頭。馬遷修史記，孔子作春秋。莘野耕夫閒舉耜，渭濱漁父晚垂鉤。龍馬游河，羲帝因圖而畫卦；神龜出洛，禹王取法以明疇。

冠對履，舄對裘。院小對庭幽。面牆對膝地，錯智對良籌。孤嶂聳，大江流。芳澤對園丘。花潭來越唱，柳嶼起吳謳。鶯懶燕忙三月雨，蛩摧蟬退一天秋。鍾子聽琴，荒徑入林山寂寂；謫仙捉月，洪濤接岸水悠悠。

魚對鳥，鶺對鳩。翠館對紅樓。七賢對三友，愛月對悲秋。虎類狗，蟻如牛。列辟對諸侯。陳唱臨春樂，隋歌清夜遊。空中事業麒麟閣，地下文章鸚鵡洲。曠野平原，獵士馬蹄輕似箭；斜風細雨，牧童牛背穩如舟。

十二侵

歌對曲，嘯對吟。往古對來今。山頭對水面，遠浦對遙岑。勤三上，惜寸陰。茂樹對平林。卞和三獻玉，楊震四知金。青皇風暖催芳草，白帝城高急暮砧。繡虎雕龍，才子窗前揮彩筆；描鸞刺鳳，佳人簾下度金針。

登對眺，涉對臨。瑞雪對甘霖。主歡對民樂，交淺對言深。恥三戰，樂七擒。顧曲對知音。大車行檻檻，駟馬聚駸駸。紫電青虹騰劍氣，高山流水識琴心。屈子懷君，極浦吟風悲澤畔；王郎憶友，扁舟臥雪訪山陰。

十三覃

宮對闕，座對龕。水北對天南。蜃樓對蟻郡，偉論對高談。遴杞梓，樹楩楠。得一對函三。八寶珊瑚枕，雙珠玳瑁簪。蕭王待士心惟赤，盧相欺君面獨藍。賈島詩狂，手擬敲門行處想；張顛草聖，頭能濡墨寫時酣。

聞對見，解對諳。三橘對雙柑。黃童對白叟，靜女對奇男。秋七七，徑三三。海色對山嵐。鸞聲何噦噦，虎視正眈眈。儀封疆吏知尼父，函谷關人識老聃。江相歸池，止水自盟真是止；吳公作宰，貪泉雖飲亦何貪。

十四鹽

寬對猛，冷對炎。清直對尊嚴。雲頭對雨腳，鶴髮對龍髯。風台諫，肅堂廉。保泰對鳴謙。五湖歸范蠡，三徑隱陶潛。一劍成功堪佩印，百錢滿卦便垂簾。濁酒停杯，容我半酣愁際飲；好花傍座，看他微笑悟時拈。

連對斷，減對添。淡泊對安恬。回頭對極目，水底對山尖。腰裊裊，手纖纖。鳳卜對鸞占。開田多種粟，煮海盡成鹽。居同九世張公藝，恩給千人范仲淹。簫弄鳳來，秦女有緣能跨羽；鼎成龍去，軒臣無計得攀髯。

人對己，愛對嫌。舉止對觀瞻。四知對三語，義正對辭嚴。勤雪案，課風檐。漏箭對書籤。文繁歸獺祭，體豔別香奩。昨夜題詩更一字，早春來燕卷重簾。詩以史名，愁裡悲歌懷杜甫；筆經人索，夢中顯晦老江淹。

十五咸

栽對植，薙對芟。二伯對三監。朝臣對國老，職事對官銜。鹿麌麌，兔毚毚。啟櫝對開緘。綠楊鶯睍睆，紅杏燕呢喃。半籬白酒娛陶令，一枕黃粱度呂岩。九夏炎飆，長日風亭留客騎；三冬寒冽，漫天雪浪駐征帆。

梧對杞，柏對杉。夏濩對韶咸。澗瀍對溱洧，鞏洛對崤函。藏書洞，避詔巖。脫俗對超凡。賢人羞獻媚，正士嫉工讒。霸越謀臣推少伯，佐唐藩將重渾瑊。鄴下狂生，羯鼓三撾羞錦襖；江州司馬，琵琶一曲濕青衫。

袍對笏，履對衫。匹馬對孤帆。琢磨對雕鏤，刻劃對鐫鑱。星北拱，日西銜。卮漏對鼎饞。江邊生桂若，海外樹都咸。但得恢恢存利刃，何須咄咄達空函。綵鳳知音，樂典後夔須九奏；金人守口，聖如尼父亦三緘。

寫詩填詞（二版）：你的第一堂中文古典美學課

作　　者　陳書良
責任編輯　夏于翔
校　　對　聞若婷
內頁排版　李秀菊
美術設計　江孟達工作室

發 行 人　蘇拾平
總 編 輯　蘇拾平
副總編輯　王辰元
資深主編　夏于翔
主　　編　李明瑾
業　　務　王綬晨、邱紹溢
行　　銷　曾曉玲
出　　版　日出出版
　　　　　地址：10544台北市松山區復興北路333號11樓之4
　　　　　電話：02-2718-2001　傳真：02-2718-1258
　　　　　網址：www.sunrisepress.com.tw
　　　　　E-mail信箱：sunrisepress@andbooks.com.tw

發　　行　大雁文化事業股份有限公司
　　　　　地址：10544台北市松山區復興北路333號11樓之4
　　　　　電話：02-2718-2001　傳真：02-2718-1258
　　　　　讀者服務信箱：andbooks@andbooks.com.tw
　　　　　劃撥帳號：19983379　戶名：大雁文化事業股份有限公司

印　　刷　中原造像股份有限公司
初版一刷　2019年3月
二版一刷　2022年12月
定　　價　430元
I S B N　978-626-7044-95-7

國家圖書館出版品預行編目（CIP）資料

寫詩填詞：你的第一堂中文古典美學課／陳書良著. -- 二版. --
臺北市：日出出版：大雁文化事業股份有限公司發行, 2022.12
304面；14.8×21公分
ISBN 978-626-7044-95-7（平裝）

1.CST: 詩詞　2.CST: 詩法

821.1　　　111019288

圖書許可發行核准字號：文化部部版臺陸字第108001號
出版說明：本書由簡體版圖書《詩詞之美》以正體字在臺灣發行，期能提供愛好詩詞的讀者閱讀。